BEGEHRE DEINEN NÄCHSTEN

TUCKER SPRINGS 2

L.A. WITT

Übersetzt von

JUTTA E. REITBAUER

Covet Thy Neighbor (*Tucker Springs #2*)

Deutsche Ausgabe der dritten englischen Auflage

Copyright © 2013, 2019, 2023 L.A. Witt

Erste Auflage veröffentlicht von Riptide Publishing, 2013-2018

Zweite Auflage veröffentlicht von Dreamspinner Press, 2019

Übersetzung von Jutta E. Reitbauer

Cover Art von Reese Dante

eBook ISBN: 978-1-64230-168-7

Taschenbuch ISBN: 978-1-64230-169-4

 Erstellt mit Vellum

BEGEHRE DEINEN NÄCHSTEN

Der Tätowierer Seth Wheeler glaubt, er sei auf Gold gestoßen, als Darren Romero die Wohnung gegenüber mietet. Der Neue ist hinreißend, witzig und single, und darüber hinaus verfügt er über das genau richtige Maß an Keckheit und Flirtlaune. Perfekt.

Nun, bis auf den Teil, dass er nach Tucker Springs gezogen ist, um eine Stelle als Jugendpastor in der New Light Church anzunehmen. Auch wenn Seth als eingefleischter Atheist eine lebhafte Debatte genießen mag, lässt ihn seine schmerzvolle Vergangenheit gläubigen Menschen aus dem Weg gehen – nicht aus Verurteilung, sondern aus Selbstschutz.

Darren hat alles, was sich Seth von einem Mann wünscht, bis auf dieses eine bedeutende Detail, das nicht zu übersehen ist.

Aber ist Darrens Glaube das wahre Problem? Oder ist das nur ein bequemer Vorwand, um Seth davon abzuhalten, sich einer tieferen Angst zu stellen?

Seth muss es bald herausfinden, denn Darren mag zwar

ein geduldiger Mann sein, aber er wird nicht bis in alle
Ewigkeit warten.

Dieses Buch ist der zweite Band der Tucker-Springs-Reihe
und kann als eigenständiger Roman gelesen werden.

KAPITEL 1

Der Regen rollte von der Markise über dem Schaufenster vom Ink Springs. An beschissenen Tagen wie diesen machten Lane und ich uns nicht einmal die Mühe, die Stereoanlage einzuschalten. Bis wir sie so weit aufgedreht hatten, dass wir sie trotz des Wetters hören konnten, war sie schon zu laut. Der Soundtrack für den Tag bestand also aus Donner, Regen und surrenden Tattoo-Nadeln, mit gelegentlichen Gesprächsfetzen, um die Lücken zu füllen.

Allerdings war heute nicht viel los. Während eines Unwetters kamen die Leute in der Regel nicht zufällig in dieser Gegend vorbei, und die Hälfte der Termine von heute Nachmittag hatte angerufen und abgesagt. Die andere Hälfte würde wahrscheinlich nicht auftauchen. Was zwei meiner liebsten Dinge auf der ganzen Welt bedeutete: ein sich dahinschleppender, langweiliger Tag und nicht viel Geld. Großartig. Einfach nur großartig.

Ich putzte meinen Arbeitsplatz mit einer zusammengeknüllten, mit Desinfektionsmittel getränkten Küchenrolle, während Lanes Bleistift über das Papier kratzte. Gut, dass es ihm nichts ausmachte zu plaudern, während er zeichnete, denn er würde wahrscheinlich die einzige Gesellschaft sein, die ich heute hatte.

Lane stand von seinem Stuhl auf, um sich zu strecken, und sah zum Fenster. „Oh Mann. An einem Tag wie heute möchte ich nicht umziehen."

Ich hielt mit dem Putzen inne. „Umziehen?"

Er gestikulierte aus dem Fenster. Jemand fuhr mit einem Umzugswagen rückwärts in eine der Parklücken vor dem Laden.

„Oh, verdammt." Ich warf das Papierhandtuch in den Mülleimer und richtete mich auf. „Ich habe vergessen, dass Robyn heute auszieht."

„Ach ja? Wo zum Teufel zieht sie denn hin?"

„Ihre Freundin hat ein Haus auf der anderen Seite der Stadt. Sie wollen dort zusammen leben." Ich zog meine Jacke an und machte mich auf den Weg zur Tür. „Da hier gerade absolut nichts los ist, werde ich mal nachsehen, ob sie Hilfe braucht."

„Viel Spaß. Werd' nicht nass."

„Ja, genau." Ich trat nach draußen. Direkt neben der Schaufensterfront befand sich der Durchgang zur Treppe, die zu meiner Wohnung hinaufführte. Bis heute hatte Robyn in der Wohnung gegenüber von meiner gewohnt. Als sie aus dem Kastenwagen ausstieg und mit einem Platschen in einer kleinen Pfütze landete, rief ich über den Regen hinweg: „Du ziehst wirklich aus? An so einem Tag?"

„Was soll ich machen?" Robyn zog sich die Jacke über den Kopf und lief zum Bürgersteig und damit aus dem Regen hinaus. Sie ließ ihre Jacke sinken und schüttelte das Wasser ab. „Mein Mietvertrag läuft morgen aus und ich kann das Wetter nicht ändern."

„Bist du sicher, dass es kein Zeichen von Gott ist, der dir sagt, du sollst hierbleiben?"

Robyn warf den Kopf in den Nacken und lachte. „Ja, klar. Das glaube ich genauso sehr wie du." Sie warf mir einen gespielt herablassenden Blick zu. „Also, Seth. Das hatten wir doch schon, Schatz. Ich liebe dich immer noch, aber Krissy und ich werden zusammenziehen."

Ich stapfte dramatisch auf den nassen Bürgersteig. „Na gut. *Na gut.* Überlass mich einfach den Ketzern, die in deine Wohnung ziehen."

Sie tätschelte meinen Arm. „Die passen hier sicher gut rein, oder?"

„Hey!"

Sie kicherte. „Liege ich falsch?"

„Miststück."

„Wie auch immer." Robyn rammte mir den Ellbogen in die Rippen. „Du bist so ein Frechdachs."

Ich lachte. „Brauchst du Hilfe bei irgendwas?"

Sie schüttelte den Kopf. „Es ist nicht mehr viel übrig. Wir haben nur noch die großen Sachen, die nicht in mein Auto gepasst haben. Krissy ist auf dem Weg hierher und sie und ich schaffen das allein."

„Ihr braucht keinen großen, starken Mann, der die schweren Sachen trägt?"

„Wenn ich einen großen, starken Mann bräuchte, würde ich dich fragen, wen ich anrufen soll."

„Ooh. Ooh. Robyn, ich blute."

Sie kicherte. Dann zupfte sie ein weißes Katzenhaar von meinem Kragen und schnippte es in den Wind. „Aber ich werde Stanley vermissen."

„Du kannst ihn jederzeit besuchen", sagte ich. „Die Tür ist immer offen für Stanleys Freunde."

„Kannst du ihn nicht zu einem Treffen mit Jack und Sunny vorbeibringen, damit sie zusammen spielen können?"

„Ähm, nein." Ich hielt meine Hand hoch und zeigte auf ein paar Kratzer. „Katzen und Autofahrten? Verträgt sich nicht? Schon vergessen?"

„Oh richtig." Sie unterdrückte ein Lachen. „Der große, harte Kerl, dem von einem flauschigen Kätzchen in den Hintern getreten wird. Das ist so süß."

Ich kratzte mich mit dem Mittelfinger am Kiefer.

„Du bist so ein Gentleman. Wie auch immer, ich – oh! Ich hab was vergessen. Al hat gestern Abend angerufen und ich glaube, heute Nachmittag kommt jemand, um sich die Wohnung anzusehen."

„Jetzt schon?" Ich legte eine Hand auf mein Herz. „Nun, ich verspreche dir, dass ich darüber nicht so schnell hinwegkommen werde wie Al. Ich werde mir etwas Zeit nehmen, um richtig zu trauern und so."

„Oh, du bist so ein süßer Schatz."

„Ich werde vor deiner neuen Haustür stehen und dir ein Ständchen mit einem Song von Justin Bieber bringen, während –"

„Krissy hat eine Schrotflinte."

„Ich verzichte."

Robyn lachte. „Okay, ich sollte mich an die Arbeit machen, bevor Krissy kommt und mich an den Ohren nach oben zerrt."

„Ich würde zahlen, um das zu sehen."

„Leck mich." Sie nickte in Richtung meines Ladens. „Geh wieder an die Arbeit, du Faulpelz."

„Ja, ja, schon gut. Aber schau doch ab und zu mal im Studio vorbei, ja? Damit ich weiß, dass du noch am Leben bist?"

„Mache ich." Sie umarmte mich fest. „Pass auf dich auf, Süßer."

„Du auch."

Robyn ging nach oben, um ihre Sachen aus der bald leerstehenden Wohnung zu holen, und ich ging mit einem etwas mulmigen Gefühl in mein Studio zurück. Nachbarn kamen und gingen, aber nach einer Reihe von wirklich unausstehlichen Nachbarn war Robyn eine erfrischende Abwechslung gewesen. Schon eine Woche nach ihrem Einzug waren wir gute Freunde geworden.

Wir würden natürlich in Kontakt bleiben – es war ja nicht so, dass Robyn das Land verlassen würde oder so. Es war ihr Ersatz, der mich beunruhigte. Ich glaubte zwar nicht an Karma oder irgendeinen abergläubischen Quatsch, aber es hätte mich nicht überrascht, wenn der Preis dafür, dass ich die letzten drei Jahre eine coole Nachbarin gehabt hatte, darin bestünde, dass ich die nächsten drei Jahre gegenüber von einem verfickten Psychopathen wohnen würde.

Wir werden sehen.

Der Umzugswagen fuhr weg und der Nachmittag wurde von Stunde zu Stunde immer grauer und scheußlicher. Glücklicherweise kamen ein paar gelangweilte und abenteuerlustige College-Studentinnen, um sich die Fußknöchel tätowieren zu lassen, was bedeutete, dass wir sowohl Einnahmen als auch etwas zu tun hatten. Um fünf Uhr hatte ich das drohende Nachbargeddon schon fast vergessen und war ganz darin versunken, einer wimmernden blonden Frau ein blumiges Muster auf den Fuß zu stechen.

„Atme, Schätzchen. Das Schlimmste ist fast vorbei, versprochen." Ich drückte die Nadel so vorsichtig wie möglich auf die knöcherne Stelle, an der ich gerade arbeitete. „Direkt am Knochen ist es immer am schlimmsten."

„Oh Gott ..." Sie stöhnte.

Ich hob die Nadel von ihrer Haut. „Alles okay?"

Sie nickte. „Ich hätte nur nicht gedacht, dass es so wehtun würde."

Hinter mir öffnete sich die Ladentür und ich hörte den letzten Teil des Satzes meines Vermieters: „...können Sie Seth kennenlernen. Er wohnt in der Wohnung gegenüber von der, für die Sie sich interessieren, und ihm gehört dieses Studio."

Über meine Schulter hinweg sagte ich: „Bin gleich bei dir, Al."

„Lass dir Zeit."

Ich nahm den Fuß vom Pedal und als das Summen der Nadel nachließ, schaute ich in den Spiegel über meinem Arbeitsplatz. So konnte ich diskret einen Blick auf meinen potenziellen neuen Nachbar werf...

Oh *fuck.*

In den letzten Wochen hatte ich mit meinem Kumpel Michael über all die verschiedenen Arten von alptraumhaften Nachbarn gescherzt, die Robyns Platz einnehmen könnten. Betrunkene, die von Saufgelagen nach Hause kommen und auf die Treppe kotzen würden. Dauerrammler, die nicht merkten, wie dünn die Wände waren. Schnorrer. Serienmörder. Schlagzeuger, die unter Schlaflosigkeit litten.

Aber was hatte ich nicht bedacht? Die schlimmstmögliche Art von Nachbar.

Ein höllisch heißer, höllisch attraktiver Typ.

Mit einem gottverdammten Freund.

Ich wusste nicht, wer von ihnen der Nachbar und wer der Freund war oder ob sie beide einzogen. Es war auch egal, denn sie waren beide verdammt *heiß.*

Vor allem der etwas kleinere der beiden. Sie waren beide lächerlich fickbar. Wie in „Du brauchst mir nicht mal einen Drink zu spendieren, es ist mir egal, wie du heißt, zieh einfach die Hose aus und lass uns loslegen". Aber der Kleinere, der sich gerade den Hals verrenkte, um die Bilder oben an der Wand zu begutachten, sollte wirklich eine ganze Weile lang über mein Bett gebeugt bleiben. Selbst von hier aus reichte sein Lächeln aus, dass diese ganze Atmungs- und Kreislauf-Sache plötzlich nicht mehr so ablief, wie sie eigentlich sollte. Eindringliche dunkle Augen. Ein kurzer, perfekt gestutzter Bart, der seine Lippen umrahmte. Scharfe Wangenknochen und kantiger Kiefer. Wenn er nur einigermaßen intelligent war und einen Sinn für Humor hatte, war ich ein toter Mann.

Ein süßer Twink mit einem teuflischen Grinsen konnte mich in Wachs in seinen Händen verwandeln, aber diese Art von Mann? Der fitte, lässige Typ, der selbst in einem Parka und mit windzerzaustem, regennassem Haar mühelos sexy war? Das war ein mit Kryptonit gespickter Pfeil in meiner gottverdammten Achillesferse. *Scheiße*.

Ich wandte mich an meine Kundin. „Würdest du mich für einen Moment entschuldigen?"

Sie atmete aus. „Ich könnte sowieso ein paar Minuten Pause gebrauchen."

Ich lächelte. „Es dauert nicht lange, versprochen."

Während sie ihren Kopf gegen den Stuhl lehnte und einige langsame, tiefe Atemzüge machte, legte ich die Tätowierpistole beiseite und zog meine Handschuhe aus. Dann machte ich mich auf den Weg zum Eingang meines Studios, um meinen Vermieter und die Sahneschnitte zu begrüßen, die hoffentlich nebenan einziehen würde. Ich mochte diese heiße Augenweide nicht anfassen dürfen, aber ich konnte sie auf jeden Fall anschauen.

„Ah, da ist er ja", sagte Al.

Als sich die drei Männer mir zuwandten, streckte ich

die Hand aus und schaffte es sogar, meinen Namen hervor-
zupressen. „Seth Wheeler."

Der Kleinere sah mir direkt in die Augen, als er mir die
Hand schüttelte. „Darren Romero." Dann ließ er meine
Hand los und fügte hinzu: „Das ist mein Bruder, Chris."

Bruder? *Tja.* Das veränderte alles, nicht wahr?

Als ich Chris die Hand gab, deutete Darren auf das
Studio. „Du bist also Künstler."

Chris gab keinen Laut von sich, aber als er meine Hand
losließ, huschte ein Anflug von Abneigung über sein
Gesicht. Seine Lippen kräuselten sich leicht, eine Augenbraue hob sich minimal. Tja. Scheiß auf ihn.

Ich zuckte mit den Schultern. „Künstler. Hautverun-
stalter." Ich warf einen Blick auf die Frau, die an meinem
Arbeitsplatz saß und weiterhin tiefe Atemzüge machte.
„Studentenverstümmler. Kommt ganz darauf an, wen du
fragst."

Darren lachte, als Chris die Augen verdrehte. „Oh,
entspann dich."

Chris warf ihm einen finsteren Blick zu. „Glaubst du
wirklich, dass es eine gute Idee ist, in diesem Teil der Stadt,
noch dazu über einem Tattoo-Studio zu wohnen?"

Die Erheiterung verschwand augenblicklich aus
Darrens Gesicht und er sagte mit zusammengebissenen
Zähnen: „Das besprechen wir später."

Plötzlich war die Stimmung im ganzen Laden angespannt. Selbst die Studentinnen, die zu plaudern begonnen
hatten, während Lane an einem ihrer Tattoos arbeitete,
wurden still.

„Wie auch immer." Darren wandte sich wieder mir zu
und lächelte, und die Spannung löste sich.

Die Frauen unterhielten sich weiter. Die Tätowiernadel erwachte surrend wieder zum Leben. Chris schaute

finster drein und fand etwas anderes als mich oder seinen Bruder, auf das er sich konzentrieren konnte.

Ich hüstelte. „Äh, bevor ich es vergesse, es gibt einen Einzugsrabatt." Ich nickte in Richtung des Kunstwerks an der Wand. „Das erste Tattoo geht aufs Haus."

Darren verzog das Gesicht. „Oh. Nein. Ich steh nicht auf Nadeln."

„Oder Tattoos", brummte Chris.

Darren sah ihn von der Seite her an. „Meine Abneigung gegenüber Nadeln bedingt diesen Teil."

Chris wollte noch etwas sagen, aber ein spitzer Blick seines Bruders brachte ihn zum Schweigen.

„Tja, verdammt." Ich seufzte. „So lerne ich normalerweise meine neuen Nachbarn kennen."

„Ach wirklich?", fragte Darren.

„Zumindest bringt sie das für eine Unterhaltung auf einen Stuhl", sagte ich. „Vorausgesetzt, sie können die Schmerzen ertragen."

Darren erschauderte. „Ich verzichte, aber danke für das Angebot. Wir müssen einfach einen anderen Weg finden, uns kennenzulernen."

Die Keckheit dieser Aussage erschreckte mich. Wahrscheinlich, weil ich sofort viel zu viel hineininterpretierte.

Ich begegnete seinem Blick und er grinste, und es war eines dieser leichten *Ja, ich flirte zurück*-Grinsen. Von wegen ich interpretierte da zu viel hinein. Eine Augenbraue hob sich so leicht, dass ich wahrscheinlich der Einzige im Laden war, der es bemerkte, aber es war mehr als genug, um mich aus dem Gleichgewicht zu bringen. Und er würde gegenüber von mir wohnen? Sofort gab ich mir maximal eine Woche, bevor er mich anlächelte, ich über meine eigenen Füße stolperte, die Treppe hinunterfiel und auf meinem Arsch landete.

Und wir sahen uns weiterhin in die Augen.

Ich brach den Blickkontakt ab und räusperte mich. „Bist du neu hier in der Gegend? Nur neu in diesem Teil von Tucker Springs? Oder gerade von einem anderen Planeten hierhergezogen?"

Darren verlagerte das Gewicht und sah Chris an, lächelte dann aber wieder – und verdammt, diesmal wirkte es gezwungen –, als er sagte: „Ich bin gerade von Tulsa hierhergezogen." Er deutete auf seinen Bruder. „Er lebt schon seit ein paar Jahren hier und hat es vorgeschlagen, also bin ich jetzt hier."

„Ja, aber ich habe nicht erwartet, dass du in *diesen* Teil der Stadt ziehst. Vor allem ..." Chris verzog das Gesicht und ließ einen offensichtlich missbilligenden Blick durch das Studio schweifen. „Bist du sicher, dass du über so einem Laden wohnen willst?"

„Keine Sorge", sagte ich und winkte ab. „Der Light District ist total ruhig und sicher. Und was das Wohnen über einem Tattoo-Studio angeht? All der Unsinn, den du gehört hast, dass Tintendämpfe Kobolde zum Leben erwecken und Gebäude in parallele Dimensionen teleportieren können? Das ist nichts weiter als unbewiesene Pseudowissenschaft."

Darren lachte, aber sein wenig amüsierter Bruder sagte: „Ich mache mir mehr Sorgen um die Leute, die in der Nähe von Tattoo-Studios herumhängen."

„Chris." Darren schaute ihn böse an. Zu mir sagte er: „Tut mir leid. Ich mache mir wirklich keine Sorgen um –"

„Es ist ein Tattoo-Studio in einer Universitätsstadt", knurrte Chris. „Mit Bars und Clubs in Kotzdistanz." Er deutete auf die Straße. „Dieser schmierige Club, von dem ich dir erzählt habe? Lights Out? Der ist gleich die Straße rauf."

„Eigentlich liegt er in diese Richtung." Ich nickte in die andere Richtung. „Und so schmierig ist er nicht."

Chris brummte etwas, das ich nicht verstand. Dann sagte er zu Darren: „Woher weißt du, dass es in dieser Gegend nicht die ganze Nacht von Betrunkenen und lauten Menschen wimmelt?"

Ich knirschte mit den Zähnen. „Bring einfach deine Freunde nicht mit, dann müssen wir uns keine Sorgen um unliebsames Gesindel machen."

Al starrte mich böse an. Chris auch.

Darren lachte nur. „Ich denke, die Gegend ist in Ordnung. Wirklich."

Sein Bruder schaute weiter finster drein, zuckte aber mit den Schultern. „Nun, du bist derjenige, der hier leben muss, nicht ich."

Darren rollte mit den Augen. „Wenn es unerträglich wird, ziehe ich zu dir und Mona. Jedenfalls scheint die Gegend ganz nett zu sein. Es wäre vielleicht besser, wenn die Gebäudeverwaltung etwas gegen", er deutete nach draußen, „das Niederschlagsproblem unternehmen würde, aber ich denke, ich komme damit schon zurecht."

Oh, verdammt noch mal. Ein trockener Sinn für Humor. Ich bin ein toter, toter Mann.

Al lachte und klopfte Darren auf die Schulter. „Ich werde eine Anfrage stellen und sehen, was ich aushandeln kann." Zu mir sagte Al: „Vorausgesetzt, seine Kredit- und Hintergrundprüfungen gehen klar und er ändert seine Meinung nicht, möchte er am Donnerstag einziehen. Würde es dir und Lane etwas ausmachen, an dem Tag hinter dem Gebäude zu parken?"

„Klar, kein Problem." Ich wandte mich an Darren. „Wenn du Hilfe brauchst, lass es mich wissen. Donnerstags ist es hier ziemlich ruhig."

Er lächelte, was meinen Puls wieder aus dem Gleichgewicht brachte. „Danke. Ich sollte allein damit klarkommen, aber ich werde es im Hinterkopf behalten."

Al trieb Darren und Chris aus dem Laden, und verdammt noch mal, Darren warf mir tatsächlich noch einen letzten Blick – und ein letztes *heilige Scheiße*-Lächeln – zu, bevor sie aus meinem Blickfeld verschwanden.

Ich musste zurück zu meiner Kundin und ihre Tätowierung fertigstellen, aber einen Moment lang starrte ich nur auf die leere Tür.

Darren Romero war also mein neuer Nachbar.

Heiß. Potenziell single. Potenziell schwul.

Vielleicht war der Auszug von Robyn doch nicht so schlimm.

KAPITEL 2

Wie vorhergesagt zog Darren am Donnerstag ein. Wenigstens hatte es kurz vor Mittag aufgehört zu regnen. Sonst hätte Chris einen Grund mehr gehabt, zu schimpfen und zu meckern, als ich rausging, um zu sehen, ob sie Hilfe brauchten. Gut, dass Darren derjenige war, der einzog. Chris und ich wären uns vielleicht ernsthaft in die Haare geraten, noch ehe der erste Tag vorüber war. Oder er und ein Möbelstück wären *dummerweise* die Treppe hinuntergefallen. Diese Nachbarschaft brauchte nicht noch einen negativen Blödmann. Das war mein Job, verdammt noch mal.

Doch der Bruder von Chris konnte so lange bleiben, wie er wollte.

Zum Glück hatte ich genug Ablenkung, während dieses hinreißende Stück Versuchung oben einzog. Anders als an den meisten Donnerstagen gab es heute einen Termin nach dem anderen, und das bis sieben Uhr abends.

Als die Tür hinter meinem letzten Kunden für heute zufiel, klappte ich meinen Terminkalender zu. Ein weiterer Tag war geschafft, und zwar ein verdammt produktiver.

Lane war bereits nach Hause gegangen, also machte ich

meinen Arbeitsplatz sauber, schloss den Laden ab und machte mich auf den furchtbar anstrengenden Weg zu meiner zehn Meter entfernten Wohnung.

Ich wollte gerade nach der Tür zum Treppenhaus greifen, als sie sich öffnete. Und schon stand ich Darren Auge in Auge gegenüber. Er sah nicht viel anders aus als vorher, nur dass sein feuchtes Haar ein wenig zerzaust war, also musste er gerade geduscht haben. Trotzdem traf mich seine Gegenwart wie beim ersten Mal, und mein Herzschlag und meine Gehirnströme setzten aus.

„Oh." Er blieb stehen. „Ich wusste nicht, dass du schon Feierabend hast."

„Schon?" Ich schaute auf die Uhr und tat so, als wäre mein Puls nicht gerade in die Höhe geschnellt. „Es ist viertel vor acht."

„Haben Tattoo-Studios normalerweise nicht bis spät in die Nacht geöffnet?"

„Ja, an den Wochenenden. Donnerstage sind ... eh."

„Verstehe. Also, ähm." Er steckte die Hände in die Taschen und rollte mit den Schultern. „Ich kenne mich hier noch nicht so gut aus. Kannst du was empfehlen, wo man ein Bier trinken kann?"

Wie wäre es mit meiner Wohnung? „Da drüben gibt es jede Menge Restaurants." Ich zeigte an ihm vorbei in Richtung des Stadtplatzes im Light District. „Kommt ganz darauf an, auf welche Art von Atmosphäre du stehst."

„Etwas Ruhiges wäre schön", sagte er.

„Ich würde das Jack's versuchen. Es wurde erst kürzlich eröffnet und ist keine dieser lauten Sportbars."

„Ich glaube, das werde ich mal ausprobieren. Danke."

„Keine Ursache."

Er wollte losgehen, hielt dann aber inne. „Willst du, ähm, mir Gesellschaft leisten?"

Ich hustete, um nicht an meinem eigenen Atem zu ersticken. „Ich ... Wirklich?"

Darren zuckte mit den Schultern. „Hey, ich bin neu in der Stadt. Ich bin für jede Gelegenheit dankbar, nicht alleine essen zu müssen."

„Du brauchst mich also nur als Gesellschaft, bis du Freunde gefunden hast." Ich seufzte und schüttelte den Kopf. „Ich bin gerührt, Darren. Das bin ich wirklich."

Er lachte. „Irgendwo muss ich ja anfangen."

„Stimmt, das ist wohl so." Ich steckte meine Schlüssel in die Tasche. „Sicher. Lass uns gehen."

Wir schlenderten den Bürgersteig hinunter. Der einzige Hinweis auf den sintflutartigen Regenguss von heute Morgen war die eine oder andere Pfütze, und der Abend war kühl, aber nicht unangenehm. Kein schlechter Zeitpunkt für einen Spaziergang mit dem neuesten heißen Typen in Tucker Springs. Solange ich es schaffte, meine Füße unter mir zu behalten, war alles gut.

„Das scheint eine nette Gegend zu sein", sagte er nach einer Weile.

„Dein Bruder schien das nicht so zu sehen."

Darren lachte leise, wenn auch ein wenig halbherzig. „Er spielt nur den Beschützer. Du weißt ja, wie ältere Brüder sind."

Die Bemerkung traf mich wie ein Schlag in die Brust, aber ich ließ es mir nicht anmerken. Er konnte es nicht wissen.

Ich zwang mich zu einem Lächeln. „Ja, das weiß ich."

„Tut mir leid, wenn er neulich ein bisschen, ähm, ruppig war. Und heute."

„Mach dir keinen Kopf darüber." Ich wich einer kleinen Pfütze aus. „Aber sag ihm, dass du den Einzugsrabatt an ihn weitergeben kannst, wenn er eine kostenlose Tätowierung möchte."

„Ehrlich?"

„Sicher." Ich machte eine Pause. „Ich kann nicht versprechen, dass ich mir nicht ein paar Freiheiten mit dem Design seiner Wahl nehmen werde, aber ..."

Darren lachte dieses Mal mit etwas mehr Enthusiasmus.

Am Ende des Blocks wurden wir neben dem mit Regenbogen geschmückten Pride-Laden langsamer. Flaggen, Banner, Poster, Bücher – hier gab es alles. Darren betrachtete die farbenfrohen Waren im Schaufenster, als wir vorbeigingen.

„Gibt es solche Geschäfte in Tulsa?", fragte ich.

„Nicht in meinem Viertel", sagte er mit einem Hauch von Verbitterung, wie ich fand.

„Du, ähm, du weißt schon, dass dies der queere Teil von Tucker Springs ist, oder?"

„Ja." Er sah mich an, während wir weitergingen. „Deshalb bin ich hierhergezogen."

„Oh. Okay." Er *war* also schwul. Detail bestätigt, Ziel erfasst. „Dann ist es ja gut."

„Und was machst du so in Tucker Springs?", fragte er. „Wenn du nicht gerade Leute tätowierst?"

„Nun, ein Kumpel von mir und ich kennen die Trails auswendig. Stehst du auf Mountainbiking?"

„Radfahren in den Bergen?" Er warf mir einen Seitenblick zu. „Ich bin aus Oklahoma. Ich hole mir schon eine blutige Nase, wenn ich nur auf einen Bordstein trete."

Ich lachte und war mir nicht sicher, ob es sein Sinn für Humor oder einfach nur seine *Augen* waren, die mein Herz wieder zum Rasen brachten. „Dann muss die Wohnung im ersten Stock die Hölle sein."

„Es ist eine Umstellung, das kann ich dir sagen. Aber es wird einfacher, sobald meine Sauerstoffflaschen eingetroffen sind."

Verdammt, er war schlagfertig. Das gefiel mir.

Ich räusperte mich. „Okay, was kann man in Tucker Springs tun, ohne höhenkrank zu werden? Es gibt ein paar ziemlich gute Clubs, besonders hier im Light District. Einem Freund von mir gehört das Lights Out." Ich deutete über meine Schulter in Richtung von Jasons Club.

„Ist das nicht der, von dem Chris geredet hat? Der schmierige?"

Ich winkte mit einer Hand. „Was weiß ein Hetero schon über einen schwulen Nachtclub?"

„Oh, richtig. Gutes Argument. Also ist es ... ein guter Club?"

„Wahrscheinlich der beste in der Single-Szene."

„Gut zu wissen. Obwohl Clubs eigentlich nicht mein Ding sind", sagte er. „Zu laut, zu ... einfach nicht mein Ding."

„Verständlich." Aber er hatte nicht erwähnt, dass er bereits vergeben war.

Das Jack's war nicht überfüllt und die Empfangsdame platzierte uns schnell an einem Fenster im Lounge-Bereich. Wir bestellten beide das örtliche Bier vom Fass und durchforsteten dann die kleine Speisekarte auf der Suche nach etwas Essbarem. Ich hatte allerdings den ganzen Tag über immer wieder mal eine Kleinigkeit gegessen und Darren war nicht besonders hungrig, also blieben wir nur bei Getränken.

„Wie lange bist du schon in Tucker Springs?", fragte er.

„Seit dem College. Ungefähr zwölf Jahre, schätze ich."

„Was hast du studiert? Kunst als Hauptfach?"

„Nein, ich habe eigentlich Musiktheorie studiert.

Wollte unterrichten, aber ... ich habe das Studium nie beendet. Ich habe das College im dritten Jahr abgebrochen." Ich
nahm einen großen Schluck, als ob das die Bitterkeit aus
meinem Mund spülen könnte. „Was ist mit dir? Was führt
dich nach Tucker Springs?"

„Arbeit."

Dieses eine Wort ließ mich innehalten. Vielleicht
bildete ich es mir nur ein, aber etwas an seinem Tonfall
erinnerte mich an die Bitterkeit, die ich gerade versucht
hatte, von meinem Gaumen zu waschen.

Bevor ich fragen konnte, räusperte sich Darren. „Ich
war sowieso schon zu lange im flachen Land der Prärie und
brauchte einen Tapetenwechsel. Ich dachte, die Berge
wären eine schöne Abwechslung."

„Und sind sie das?"

Er lächelte. „So weit, so gut."

„Gut. Ich glaube, es wird dir hier gefallen." *Und ich
werde mich bestimmt nicht darüber beschweren, dass* du *hier
bist.* Ich nahm einen schnellen Schluck. „Auch wenn es dir
nicht sofort gefällt, wächst dir dieser Ort nach einer Weile
ans Herz."

„Das werde ich mir merken, wenn ich meine Entschei-
dung, hierherzuziehen, in Frage stelle." Er schwenkte
langsam sein Glas und sah zu, wie das restliche Bier darin
schwappte. „Also, kann man hier gut wandern? Sobald ich
mich an die Höhe gewöhnt habe, meine ich?"

„Die Wanderwege sind fantastisch. Und einige der
Trails sind ziemlich zahm, genau das Richtige für schlappe
Flachländer wie dich."

Darren warf mir einen gespielt bösen Blick zu. „Nun,
ich will nicht auf einem Hügel landen und nicht mehr
herunterkommen, oder?"

Ich grinste schief. „Ja, der Rettungsdienst kommt nur

zum Einsatz, wenn man sich über tausend Meter Seehöhe befindet. Alles, was darunter liegt, musst du allein bewältigen."

Er nickte langsam. „Das werde ich mir merken. Wenn ich da draußen auf Erkundungstour gehe, sollte ich dich vielleicht als Führer mitnehmen."

Oh, ja. Bitte mach das. „Ich freue mich immer, wenn ich einem Neuling die Wanderwege zeigen kann. Wenn du mal Lust darauf hast, gib mir einfach Bescheid."

„Das werde ich." Er lächelte, dann nahm er einen Schluck Bier. „Du hast vorhin die Single-Szene erwähnt. Wie ist sie in dieser Stadt?"

Ich zuckte mit den Schultern. „Nicht so groß wie in Denver oder so, aber es gibt hier viele alleinstehende Männer, die auf der Jagd sind."

„Bist du einer von diesen Typen?"

Meine Kehle schnürte sich zu. „Fragst du mich, ob ich Single bin?"

Er stellte sein fast leeres Glas ab und sah mir in die Augen. „Auf Umwegen, ja."

„Ich bin Single." Ich griff nach meinem Bier. „Und du?"

„Schon viel zu lange."

„Ach ja?"

Er nickte. „Ich habe eine Weile eine Pause gemacht. Ich hatte ..." Seine Miene verfinsterte sich kurz, seine Augen verloren an Fokus. Dann schüttelte er sich leicht und wurde wieder aufmerksam. „Du weißt ja, wie das ist. Das Leben kommt einem in die Quere und auf einmal ist es eine Ewigkeit her, dass man mit jemandem zusammen war."

Ich nickte. „Oh, ja. Ich weiß, wie das ist." Ich hob mein Glas zu einem Toast. „Mein letzter Freund und ich haben uns getrennt, das ist ..." Ich hielt inne und rechnete im Kopf nach. „Scheiße, das ist jetzt fast vier Jahre her."

„Wow, wirklich?" Darren schüttelte den Kopf. „So lange ist es bei mir noch nicht her. Ich bin erst seit zwei Jahren aus dem Spiel."

„Nun, ich habe nicht gesagt, dass ich seit vier Jahren aus dem Spiel bin." Ich grinste ihn über den Rand meines Glases hinweg an. „Ich habe nur gesagt, dass es vier Jahre her ist, dass ich einen Freund hatte."

„Ah, verstehe." Er erwiderte das Grinsen und leerte dann sein Glas. „Willst du noch was?"

„Ich könnte noch eins vertragen." Ich wollte aufstehen, aber Darren hob eine Hand.

„Das geht auf mich", sagte er.

„Bist du sicher?"

Er nickte und stand auf. „Das Gleiche?" Er deutete auf mein Glas. „Ein Pale Ale?"

„Ja, das wäre toll. Danke."

Er lächelte. „Bin gleich wieder da."

Ich sah ihm nach und heilige Scheiße, was für ein perfekter Körper. Seine Jeans war nicht wirklich knackeng, aber sie überließ nicht viel der Fantasie. Wenn sie aus diesem Blickwinkel so gut aussah, musste ich etwas finden, auf das ich meine Aufmerksamkeit richten konnte, wenn er zurückkam, oder ich würde meiner Neugier nachgeben und begutachten, wie gut sie vorne saß.

Seth. Alter. Was soll der Scheiß?

Ich schüttelte den Kopf und sah aus dem Fenster. Es war zu dunkel, um die Berge zu sehen, aber egal. Ich konzentrierte mich trotzdem auf sie. Achtete überhaupt nicht auf Darrens Spiegelbild oder so. Ganz und gar nicht. Nicht ein einziges Mal. Schon gar nicht, als er sich über die Bar lehnte. Oder seine Hüfte eine Spur einknickte.

Alter.

Ich rieb mir die Augen. Okay, er hatte mich aus dem

Gleichgewicht gebracht, als er neulich in mein Tattoo-Studio gekommen war, und selbst jetzt wurde mir schwindelig, wenn ich ihn nur ansah, aber er war zu perfekt. Irgendetwas musste mit ihm nicht stimmen, und jetzt ertappte ich mich dabei, wie ich auf das dicke Ende wartete. Auf diese eine Macke, diesen einen Charakterzug oder etwas anderes, das ihn eindeutig in die Nur-Freunde-Zone verfrachtete. Oder sogar in die Nur-Nachbarn-Zone. Etwas, das abscheulich genug war, um ihn aus meiner nicht sonderlich exklusiven *Einmal ficken und Ende der Geschichte*-Zone zu disqualifizieren.

Bis jetzt? Keine Chance. Dieser Kerl erfüllte alle Kriterien. Höllisch heiß. Trockener Sinn für Humor. Intelligent. Direkt. Vermutlich berufstätig, wenn sein Job ihn hierher geführt hatte. Ich glaubte nicht an so einen Blödsinn wie Liebe auf den ersten Blick, aber der Zeiger in meinem Kopf hatte sich auffällig von *Ich würde dich ficken* zu *Ich könnte mir vorstellen, mit dir zusammen zu sein* gedreht. *Was ficken einschließen würde, also ist alles gut.*

Du kennst ihn seit einer Stunde, du Idiot.

Das dicke Ende könnte immer noch kommen. Es war noch Zeit. Mein Ex hatte ein ganzes Jahr gebraucht, um sich als grenzenloses Arschloch herauszustellen, also war sicherlich noch Zeit für Darren, um zu beweisen, dass er viel zu gut war, um wahr zu sein.

„Ein Pale Ale", sagte er und holte mich damit aus meinen Gedanken und in seine Gegenwart zurück. Er stellte das Glas auf den Tisch, bevor er sich mir gegenübersetzte und seine Hand um sein eigenes Getränk legte.

„Du hast vorhin erwähnt, dass dein Job dich hierher geführt hat", sagte ich und versuchte, seine Reaktionen abzuschätzen, da dies nicht sein Lieblingsthema zu sein schien. „Was arbeitest du denn?"

Darren nahm einen langen Schluck Bier. Dann stellte er sein Glas ab. „Ich bin Pastor."

Rekord für das dicke Ende.

„Entschuldige, was?"

Er lachte. „Ein Pastor." Er deutete nach draußen. „Ich habe gerade angefangen, für die New Light Church die Straße runter zu arbeiten."

„Oh." Ich nahm einen Schluck. Einen *langen* Schluck. „Nun, ähm, um wirklich ganz offen zu sein, ich bin ..."

„Atheist?"

Ich blinzelte. „Woher hast du das gewusst?"

Darren lächelte. „Gott hat es mir gesagt."

„Ach ja?" Ich grinste. „Was hat er dir noch über mich erzählt?"

„Nun, dass du interessant genug bist, um mir bei ein paar Bier Gesellschaft zu leisten." Er hob sein Glas. „Ich würde sagen, er hatte recht."

Ich sah ihn an. „Okay, im Ernst. Woher hast du das gewusst?"

Er warf den Kopf in den Nacken und lachte. „Der Aufkleber *Ich bin Skeptiker von Beruf* auf deinem Wagen hat es irgendwie verraten."

„Oh. Ja. Das könnte man wohl so sehen." Ich kaute auf der Innenseite meiner Lippe. „Du hast also schon davon gewusst, bevor du mich gebeten hast, dich heute Abend zu begleiten."

„Nein." Er schüttelte den Kopf. „Während der Barkeeper unser Bier gezapft hat, bin ich schnell zu deinem Parkplatz gelaufen und habe deine Stoßstange auf belastende Aufkleber untersucht."

„Klugscheißer", murmelte ich in mein Glas. Ich ließ das Bier kurz auf der Zunge kreisen und schluckte es dann hinunter. „Komisch. Die meisten Leute in deinem ...

Berufsstand sind nicht besonders scharf darauf, mit Typen wie mir ein Bier zu trinken."

Er strich mit dem Mittelfinger über den Rand seines Glases. „Nun, du wirst feststellen, dass ich nicht wie viele Leute in meinem Berufsstand bin."

Tja. Wir werden ja sehen. Ich versuchte, die Bitterkeit zu verdrängen, die alles mit Religion unweigerlich hervorrief, aber es war eine Herausforderung. Verdammt, ich mochte Darren, aber sein gottverdammter Job machte ihn tabu für Verabredungen. Oder für alles andere.

Enttäuschend, aber so war das Leben. Es stand ihm frei, gläubig zu sein, so wie es mir frei stand, nicht gläubig zu sein. Das brachte uns nur sehr weit von der Speisekarte des anderen weg. Ich hatte keinen Zweifel daran, dass ich genauso wenig zu ihm passte wie er zu mir; wie viel hatte ich in meiner religiösen Zeit über die Gefahren gehört, die es mit sich brachte, der einzige Christ in einer Beziehung zu sein? Darüber, dass man nicht in einem Joch mit Ungläubigen ziehen sollte? Tja, das würde nicht passieren.

„Also." Ich zwang mich zu einem Grinsen. „Ist das der Zeitpunkt, an dem wir anfangen, lautstark über Kreationismus und Evolution zu diskutieren, bis sie uns rauswerfen?"

Er lachte. „Dafür bräuchten wir schon ein paar Bier mehr, meinst du nicht? Vielleicht ein paar Tequila-Shots?"

„Guter Einwand."

Darren trommelte mit den Fingern auf den Rand seines Glases. „Nur damit du Bescheid weißt, ich bin normalerweise nicht der Typ, der sich auf laute Debatten einlässt. Ich meine, nur wenn es jemand wirklich will, aber selbst dann ..."

„Also müsste ich dich provozieren."

Er lachte erneut und schüttelte den Kopf. „Du müsstest

dich schon ziemlich reinhängen, um mich zu so etwas zu provozieren."

Ich hob eine Augenbraue. „Dann bist du ganz offensichtlich neu in der Gegend, denn das schreit förmlich nach einer Herausforderung."

Darren hob sein Glas. „Deine Beerdigung."

Scheiße, Alter. Du bist so was von mein Typ, du Arsch.

Er nahm einen Schluck und als er sein Glas wieder abstellte, sagte er: „Was mich angeht, glaube ich, dass wir uns wahrscheinlich über mehr Dinge einig sind als nicht. Ich muss dir sicher nicht sagen, dass sich Wissenschaft und Religion nicht gegenseitig ausschließen."

„Wenn du meinst." Ich überlegte, ob ich ihn in eine lautstarke Debatte verwickeln sollte, aber ich genoss seine Gesellschaft und mein Bier. „Nun, abgesehen von unseren religiösen Überzeugungen sagt mir etwas, dass wir beide ziemlich gut miteinander auskommen werden."

„Diesen Eindruck habe ich auch."

Wir ließen das Thema Religion links liegen und plauderten stattdessen über sicherere Themen. Während wir Bier tranken und uns unterhielten, fühlte ich mich die ganze Zeit über ein wenig deprimiert. Immerhin hatte Darren alle Kriterien erfüllt und alle meine Knöpfe gedrückt. Vielleicht hatte ich seinen anhaltenden Blickkontakt fälschlicherweise für einen Flirtversuch gehalten, obwohl es nur ein Zeichen von Selbstvertrauen war. Vielleicht war es nur Wunschdenken, das mich dazu gebracht hatte, aus jeder seiner Bewegungen flirtende, aufreizende Schlüsse zu ziehen. Nur dass die Art und Weise, wie er ab und zu lächelte oder seine Augen genau richtig verengte, es schwer machte, nichts hineinzuinterpretieren.

Aber selbst wenn wir beide geflirtet hätten, war es eine Tatsache, dass Pastoren keine One-Night-Stands hatten, und Seth Wheeler verabredete sich *nicht* mit Christen, schon gar nicht mit Pastoren. Egal, wie heiß sie waren. Oder wie verfügbar. Oder anregend. Mistkerl.

Nachdem wir beide ein drittes Bier getrunken hatten, verließen wir das Jack's und gingen zurück zu unseren Wohnungen. Ich öffnete die Tür neben meinem Tattoo-Sudio und bedeutete ihm, dass er vorgehen sollte. Gut, dass diese Treppe dunkel war: Ich konnte seinen Hintern nicht sehen, was mir eine einigermaßen gute Chance gab, es in den ersten Stock zu schaffen, ohne mir das Genick zu brechen.

Der Flur zwischen unseren Wohnungen war jedoch nicht so dunkel, und es war nicht Darrens Hintern, der meine Aufmerksamkeit gefangen hielt. Oder meiner, der seine Aufmerksamkeit gefangen hielt.

„Ähm." Er verlagerte das Gewicht, brach aber den Blickkontakt nicht ab. „Danke, dass du mir die Gegend gezeigt hast."

„Ja." Ich schluckte. „Nicht der Rede wert."

Wir schüttelten uns die Hände, vor allem, weil mir in diesem Moment nichts anderes angemessen erschien, zumindest nicht für mich, aber wir gingen trotzdem nicht weg. Und ließen die Hand des anderen nicht los.

Blickkontakt. Unterbrochen. Blickkontakt. Unterbrochen.

Gott, er war umwerfend.

Seth. Alter. Das ist der direkte Weg in den Wahnsinn. Geh weg. Dreh dich um und geh verdammt noch mal weg.

Darren kaute auf seiner Lippe und sah mir in die Augen. „Also, das ist vielleicht ein bisschen dreist, aber ich würde dich gerne wiedersehen."

„Das wirst du." Ich grinste, obwohl sich mein Herzschlag gerade beschleunigt und ich seine Hand noch nicht losgelassen hatte. „Wir wohnen im selben Haus."

Darren lachte. „Du weißt, was ich meine."

„Ja, und ich ..."

Er benutzte seinen Griff um meine Hand, um uns aneinander zu ziehen, und küsste mich.

Der Scheißkerl *küsste* mich.

Nicht fair. Ganz und gar nicht fair. Es war ein Verbrechen gegen die Menschheit, dass ein so heißer und herrlich aggressiver Mann auch einer von – *fuck*, es war mir egal. Ich wollte ihn einfach nur. Ich umfasste seinen Nacken und öffnete meine Lippen für seine beharrliche Zunge. Mein Gott, er kam direkt zur Sache. Er wollte von Anfang an einen tiefen Kuss und bei diesem Spiel konnten zwei mitmachen.

Ich zog ihn näher an mich, küsste ihn härter, und er knurrte leise und grub seine Finger in meine Schultern.

Er beendete den Kuss so abrupt, wie er ihn begonnen hatte, und hielt meinen Blick fest. „Wow. Ich ..." Er strich mit der Zunge über seine Lippen. „Damit habe ich nicht ganz gerechnet."

„Da sind wir schon zwei."

Er blinzelte. „Ich ... Es tut mir leid. Ich bin sonst nicht so ..."

„Ich habe nicht gesagt, dass es eine unangenehme Überraschung war."

„Nun, nein, okay, es ist ..." Er holte tief Luft. „Ich bin normalerweise nicht so ..."

„Aggressiv?"

„Ja. Das. Nicht bei jemandem, den ich gerade erst kennengelernt habe."

„Tja, falls es dich tröstet ..." Ich drückte ihn gegen die Wand. „Ich bin es."

Er erschauerte und ich hatte den Bruchteil einer Sekunde Zeit, mich daran zu erinnern, dass er *ein verdammter Pastor* war, bevor wir uns wieder küssten, und bei seinem Kuss fragte ich mich, ob er es vielleicht auch vergessen hatte. Oder es war ihm einfach egal. Wie auch immer. Ich küsste ihn eindringlicher, presste mich an ihn und stöhnte, als er den Druck erwiderte.

Wieder lösten wir uns voneinander und wieder starrten wir uns an. Meine Hand war auf seinem Nacken. Seine Hände lagen auf meiner Taille und er zog leicht an meinen Gürtelschlaufen, als wollte er nicht, dass ich zurückwich. Die Anspannung, die zwischen uns vibrierte, war unmöglich zu deuten. Ungläubigkeit? Pure Erregung? Ich wusste es nicht. Ich wusste, dass ich einen Ständer hatte, ich wusste, dass ich ihn wollte, und ich wusste, dass es Gründe gab, warum ich mir nicht einmal erlauben sollte, darüber zu fantasieren, wie es weitergehen könnte.

Typen wie er machen so etwas nicht mit Typen wie mir.

Typen wie er machen *so etwas nicht.*

Darrens Blick huschte zur Tür. „Willst du mit reinkommen? Auf ... einen Drink?"

Mein Herz schlug schneller. „Hast du jetzt wirklich Lust auf einen Drink?"

Darren sah mir in die Augen. Dann packte er meine Gürtelschlaufen fester. „Nein, nicht wirklich."

„Wo..." Ich zögerte. „Wonach ist dir in diesem Moment?"

„Was glaubst du denn?"

Ich glaube, ich will dich. Ich glaube, du willst mich. Ich glaube ... Ich glaube ...

Er redete zuerst: „Eine Frage."

Ich zog die Augenbrauen hoch, sagte aber nichts.

Einer seiner Mundwinkel hob sich und seine Augen

verengten sich genau so, dass mein Blutdruck erneut in die Höhe schoss. „Tür Nummer eins?" Er nickte in Richtung seiner Wohnung, dann in Richtung meiner. „Oder Tür Nummer zwei?"

Die ganze Luft im Flur verschwand schlagartig.

„Ist das ..." Ich räusperte mich, um etwas Luft zu bekommen. „Ist das dein Ernst?"

„Das kannst du mir glauben."

Und er küsste mich wieder.

KAPITEL 3

Dieser Kuss endete mit einem heftigen Atemzug von uns beiden.

Ich legte meine Stirn an seine. „Heilige Scheiße." Mein fester Griff auf seinem Nacken war das Einzige, was meine Hand vor dem Zittern bewahrte. „Und ich dachte, du wolltest nur ein Bier trinken."

„Das wollte ich auch." Er streifte mit den Lippen über meine. „Ich habe meine Meinung geändert."

„Ich auch."

„Lass uns reingehen. Meine ... meine Wohnung. Sie ist ...", sein Blick schweifte zwischen den Türen hin und her, „näher."

Ich wich ein wenig zurück und sah ihm in die Augen. „Nicht für Drinks?"

Darren grinste. „Nicht für Drinks."

„Geh vor."

Er ging voran. In seine Wohnung. In sein Wohnzimmer. Scheiße, würden wir das wirklich tun?

Er knipste das Licht an und wir standen uns wieder gegenüber. Der feurige Hunger in seinen Augen entsprach dem meinen – vielleicht übertraf er ihn sogar – und ich war nur einen Wimpernschlag davon entfernt, ihn über einen Stapel Umzugskartons zu beugen oder wieder an die Wand zu drücken, als er in Richtung Flur nickte. Wortlos, ohne uns zu berühren, folgten wir dem kurzen Korridor in Richtung seines Schlafzimmers.

Ich mochte die Art, wie er es anging: ins Haus kommen und ohne Umschweife ins Schlafzimmer gehen. Direkt zur Sache.

Und in der Sekunde, in der wir in seinem Schlafzimmer waren, stürzte er sich auf mich. Und dieses Mal war ich gegen die Wand gedrückt. Küssen, aneinander reiben, herummachen …

Moment mal. Er ist doch ein …

Tun *Pastoren das überhaupt?*

Dann lagen seine Lippen auf meinem Hals und meine Hände waren unter seinem T-Shirt und anscheinend taten Pastoren das tatsächlich.

Wir stolperten zu seinem Bett. Irgendwo inmitten der Küsse und des Taumelns verschwanden unsere Shirts; in der einen Sekunde waren wir vollständig angezogen und in der nächsten war seine Brust heiß an meiner. Wir zogen unsere Schuhe aus und wären fast zu Boden gegangen, aber irgendwie hielten wir uns beide aufrecht.

Mein Bein streifte sein Bett. Ich stöhnte und küsste ihn härter, während die Realität dessen, was wir taten, endgültig einsickerte.

Darren wich zurück. Keuchend sah er sich um, die Stirn gerunzelt, als wäre er entweder verwirrt oder auf der Suche nach etwas. Dann: „Kondome. Ich habe keine …" Sein Blick schweifte über die Stapel von Kartons, von denen die meisten noch nicht einmal geöffnet waren.

„Ich habe welche. Und Gleitgel. Ich kann ... ich kann das Zeug holen."

Darren nickte. „Bitte mach das. Wir werden es brauchen."

„Das musst du mir nicht zweimal sagen." Ich küsste ihn schnell und löste mich dann von ihm. „Bin gleich wieder da."

„Ich werde hier warten."

„Das solltest du besser", knurrte ich und küsste ihn erneut. Das machte es natürlich nicht einfacher zu gehen. Der leichte Kuss verwandelte sich in einen tieferen. Die Hände auf den Schultern des anderen, drängten wir einander nicht wirklich zurück, kamen uns aber auch nicht näher.

Schließlich stieß er mich zurück. „Geh. Bitte."

„Ich bin gleich wieder da."

Darren nickte und ich eilte aus seiner Wohnung, wobei ich seine Tür einen Spalt offen ließ, damit sie nicht hinter mir zufiel. Dann lief ich schnell über den Flur und schloss meine eigene Tür auf.

Ich hätte schwören können, dass meine Wohnung winzig war, etwa so groß wie eine Briefmarke, aber sie hätte jetzt genauso gut so groß sein können wie ein ganzer Straßenblock. Ich konnte nicht schnell genug in mein Schlafzimmer und wieder zurück. Die drei Schritte durch mein beengtes Wohnzimmer fühlten sich an, als würden sie Stunden dauern, und meine Katze starrte mich die ganze Zeit finster von der Rückseite der Couch an.

Darren ist Pastor. Das weißt du doch, oder?

Im Schlafzimmer riss ich die Schublade des Nachttischs so heftig auf, dass er fast umkippte.

Das ist niemand, mit dem du dich einlassen solltest, Seth.

Ich richtete die Lampe schnell auf und ... ach, scheiß drauf, der Wecker konnte zwischen Nachttisch und Matratze bleiben. Es gab wichtigere Dinge, um die ich mich kümmern musste, wie die Schachtel mit den Kondomen und die Tube Gleitgel.

Pastoren haben keine One-Night-Stands.

Ich holte die Schachtel und die Tube heraus, machte mir nicht die Mühe, die Schublade zu schließen, und eilte durch den Flur zurück in Darrens Wohnung. Komisch, auch seine Wohnung schien riesig zu sein, das Wohnzimmer wurde mit jedem Schritt, den ich machte, breiter.

Hältst du das wirklich für eine gute Idee? Er ist ein ...

Als ich in sein Schlafzimmer trat, hatte Darren bereits den Rest seiner Klamotten ausgezogen und wartete auf dem Bett auf mich. Prachtvoll nackt. Eine Hand hinter seinem Kopf, während die andere seinen äußerst steifen und äußerst beeindruckenden Schwanz streichelte. Und er grinste mich an wie in *Na, willst du nicht etwas dagegen unternehmen?*

Ja, ja. Es ist mir egal, was er ist. Sex. Jetzt sofort.

Ich legte die Kondome und das Gleitgel auf seinen Nachttisch, und als ich mich zu ihm aufs Bett setzte, packte er meinen Gürtel und zog mich auf sich.

„Du hast doch gesagt, dass du normalerweise nicht so aggressiv bist", murmelte ich an seinen Lippen.

„Ich kann es sein. Manchmal. Wenn ich etwas will." Seine Hand wanderte an meiner Seite hinunter und seine leichte Berührung ließ mich erschauern. „Gefällt es dir nicht?"

„Das habe ich nicht gesagt. Bitte, mach weiter."

„Von mir aus gerne."

Er stupste meine Hüfte an, woraufhin ich mich ein wenig hochstemmte. Seine Hand glitt zwischen uns, und als sie gegen den Schritt meiner Jeans drückte, ließ ich den Kopf neben seinen fallen. Er lachte und drückte ein wenig fester. „Gefällt dir das?"

„M-hm. Gott ..."

Er bewegte seine andere Hand und ich hob das Becken an, um ihm mehr Raum zu geben, während seine Finger ihren Weg zu meinem Gürtel fanden. Ich stützte mein Gewicht auf einen Arm und zog meinen Reißverschluss herunter, während er meinen Gürtel öffnete, und als alle diese Teile aus dem Weg waren, schob Darren meine Jeans und Boxershorts über meine Hüften.

Mit uns beiden am Werk hätte es einfacher sein sollen, mich auszuziehen – auf jeden Fall schneller –, aber ich konnte mich nicht einmal auf die einfachste Aufgabe konzentrieren, wenn er mich so küsste. Oder meinen Schwanz streichelte, als meine Boxershorts gerade ausreichend aus dem Weg waren. Oder meine Hand zu seinem eigenen Schwanz führte, sodass keiner von uns eine Hand zum Ausziehen frei hatte.

Darren schob meine Jeans weiter nach unten, senkte dann den Kopf und küsste meinen Hals, wobei er mit seinem Bart mein Schlüsselbein streifte.

„Sollen wir ... Bist du ..." Ich hätte fast wieder die Fähigkeit zu sprechen gefunden, verlor sie aber prompt wieder, als Darren mich in den Nacken biss. „Fuck ..."

Er drückte meinen Schwanz und pumpte ihn etwas schneller. „Sollen wir was?"

„Gibt es da nicht etwas ... Regeln, wenn du so etwas machst wie ... so was wie ... oh Gott ..." Ich stieß in seine enge Faust, während ich versuchte zu reden. „Pastoren ... Seid ihr nicht angeblich ..."

„Seth."

„Hm?"

„Halt die Klappe."

Ich blinzelte. „Was?"

„Du machst die Stimmung kaputt." Und dann war sein Mund über meinem und seine Hand bewegte sich verdammt perfekt und zur Hölle mit allem, von dem ich glaubte, dass es mich kümmerte, denn *fuck*.

Ich streichelte ihn ebenfalls weiter und eine Ewigkeit machten wir nur rum und stimulierten uns gegenseitig. Atmeten schwer. Küssten uns intensiver.

„Ich schätze, jetzt wäre ... jetzt wäre ein guter Zeitpunkt, um zu fragen", sagte er zwischen Küssen, „ob du Top oder Bottom bist?"

„Ich bin was auch immer bedeutet, dass wir in den nächsten sechzig Sekunden ficken."

Darren stöhnte und küsste mich erneut. Ich pumpte ihn schneller; ich konnte mich nicht einmal daran erinnern, wann ich das letzte Mal so erregt gewesen war, und obwohl es mich alle Zurückhaltung kostete – was nicht leicht war bei der Aussicht auf das, was kommen würde –, löste ich mich von ihm, um ein Kondom zu holen. Er fing an zu protestieren, aber er musste mitbekommen haben, was ich vorhatte, denn er ließ mich zum Nachttisch greifen.

Ich riss ein Kondom vom Streifen, aber bevor ich die Verpackung öffnen konnte, nahm Darren sie mir ab. Er riss sie mit den Zähnen auf, warf die Folie zur Seite und grinste mich an. Ich dachte, er würde etwas Witziges sagen oder sich das Kondom einfach überrollen, aber stattdessen griff er mit der anderen Hand nach mir, packte mich im Nacken – großer *Gott*, er war wirklich verdammt aggressiv – und küsste mich.

Sein Kuss war heiß und frustrierend zugleich. Er war ein fantastischer Küsser, aber ich wollte mich auch umdrehen, auf Hände und Knie begeben und alles nehmen, was er ...

Seine andere Hand war auf meinem Schwanz. Dann das glatte, leicht kühle Kondom. Ich unterbrach den Kuss, um „Oh Gott ..." zu murmeln, als Darren mir das Kondom überstreifte.

„Falls du es noch nicht bemerkt hast", sagte er, „ich steh auf Tops."

Oh. *Gott.*

„Dann solltest du vielleicht das Gleitgel holen und dich umdrehen", knurrte ich.

Darren erschauerte. Er griff nach dem Gel, und nachdem er etwas davon auf seine Hand gegossen hatte, streichelte er meinen Schwanz und drückte ihn dabei durch das Kondom.

„Dreh dich um", sagte ich. „Fuck, Mann, dreh dich um, ich muss ... ich muss ..."

Er brachte mich mit einem Kuss zum Schweigen und ich wimmerte an seinen Lippen, während er mich weiter streichelte, und gerade als ich dachte, dass ich es keine Sekunde länger aushalten würde, brach er den Kuss ab und grinste, und wir wechselten die Stellung.

Ich war unbeschreiblich scharf, aber als ich mich hinter ihn kniete, hielt ich inne. Ich hielt inne und schaute ihn einfach nur an. Mit dem Hirn eines Tattoo-Künstlers sah ich normalerweise eine Unzahl von Designs, die auf diese makellose, unberührte Haut gezeichnet werden konnten, aber alles, was ich jetzt sehen konnte, waren feste Muskeln und kantige Flächen, breite Schultern und schmale Hüften.

„Seth", murmelte er über seine Schulter.

„Nur Geduld", sagte ich mit einem Grinsen. Ich verteilte etwas Gleitgel auf meinen Fingern, legte eine Hand auf seinen Rücken und ließ meine andere Hand über seine Hüfte und zwischen seine Gesäßbacken gleiten. Als ich mit einer Fingerspitze sanft in ihn eindrang, leistete er keinen Widerstand und nahm einen Finger, dann zwei, mit minimalem Druck auf.

Ich schob sie tiefer hinein. „Gefällt dir das?"

Leise stöhnend nickte er.

Ich öffnete meine Finger und dehnte ihn vorsichtig, und er kam mir entgegen. Ich hielt still und er bewegte sich schneller, als ob er meinen Bewegungsmangel ausgleichen wollte. Er schaukelte vor und zurück und ließ meine Finger in seinem eigenen Tempo in ihn hinein und wieder heraus gleiten. Ich grub die Zähne in die Unterlippe und wagte kaum zu atmen, weil ich Angst hatte, dass ich allein davon kommen würde. Von nichts weiter als dem Anblick, wie Darren sich selbst mit meinen Fingern fickte.

„Seth, bitte ..." Ein Schauer lief durch ihn, sein Rücken wölbte sich auf und seine Schultern zitterten.

„Du wirst wohl ein wenig ungeduldig, was?" Ich biss die Zähne zusammen, um meine eigene Vorfreude zu verbergen.

„Ja." Er ließ den Kopf nach vorne fallen. „*Bitte*."

„Hm, na gut, da du so nett gefragt hast." Ich legte meine Hand auf seine Hüfte, und als ich meinen Schwanz an ihn presste, stöhnten wir beide auf.

„Ich werde mich nicht bewegen", sagte ich. „Du entscheidest, wie schnell und –" Ich unterbrach mich mit einem Keuchen, als er sich gegen mich lehnte, und eine Sekunde später war meine Eichel in ihm. Eine weitere Vorwärts-Rückwärts-Bewegung und ich steckte fast vollständig in ihm. „Scheiße", flüsterte ich. „Heilige Scheiße ..."

Er wiegte sich genau richtig und ich war von seinem Anblick – dem Zittern, der Anspannung, der Bewegung –

ebenso fasziniert wie von dem Gefühl, in ihn hinein und aus ihm heraus zu gleiten.

Als er den Kopf zurückwarf und sich fast so anhörte, als würde er fluchen, hielt ich es keine Sekunde länger aus. Ich beugte mich hinunter und legte meine Hände neben seine auf das Bett. Mein Gewicht hielt ihn genau dort, wo ich ihn haben wollte, und ließ ihm keine andere Wahl, als meine Stöße aus dem Becken aufzunehmen. Darren drehte den Kopf, griff nach hinten und packte mich an den Haaren, um mich in einen weiteren Kuss zu ziehen.

Sein Kuss machte mich fast so sehr an, wie ihn zu ficken. Alles an ihm machte mich an, und es war mir ein Rätsel, wie ich es überhaupt so lange ausgehalten hatte.

Dann brach Darren den Kuss ab und ließ den Kopf wieder nach vorne fallen, und das leise Stöhnen hätte mich fast kommen lassen.

Ich richtete mich auf. Packte seine Hüften. Fickte ihn. Fickte ihn *hart*.

„Heilige *Scheiße!*", brüllte ich und zwang mich so tief in ihn hinein, wie ich konnte. Ich kam heftig, mein ganzer Körper zitterte von diesem mächtigen Orgasmus, und vielleicht verlor ich sogar für ein oder zwei Sekunden das Bewusstsein. Gottverdammt.

Als ich wieder klar sehen konnte und ziemlich sicher war, dass ich nicht ohnmächtig werden würde, stützte ich mich mit einer Hand auf seiner Hüfte ab und zog meinen Schwanz heraus. Keuchend und zitternd klopfte ich auf seine Hüfte. „Leg dich ... auf den Rücken."

Ich zog das Kondom ab, während er die Stellung wechselte. Nachdem ich es zur Seite geworfen hatte, griff Darren nach mir, aber ich schob seine Hand sanft beiseite und beugte mich über ihn.

In dem Moment, als mein Mund auf seinem Schwanz

landete, atmete er scharf ein. Seine Finger strichen durch mein Haar und er murmelte etwas, das sich so anhörte, als würde er sich sehr, *sehr* anstrengen, nicht zu fluchen. Er ächzte und versuchte, ein wenig tiefer in meinen Mund zu stoßen.

Ich schob seine Oberschenkel mit meiner Hand auseinander. Gehorsam spreizte er die Beine und keuchte, als ich mit einer Hand die Innenseite seines Schenkels hinauffuhr. Als ich zwei Finger in ihn schob, hob sich sein Rücken vom Bett.

„Oh ... wow ...“ Sein ganzer Körper bebte. „Das ist ...“ Seine Stimme verlor sich zu einem Wimmern. Je mehr ich an seinem Schwanz saugte und ihn mit meinen Fingern fickte, desto weniger Worte brachte er zustande, bis er nur noch stöhnte.

Er packte mein Haar fester. Sein ganzer Körper spannte sich an und sein Schwanz versteifte sich in meinem Mund, eine Sekunde bevor er auf meiner Zunge kam. Ich streichelte ihn weiter von innen und von außen, stimulierte ihn, bis er meinen Kopf wegschob. Dann ließ ich ihn los und zog meine Finger langsam aus ihm heraus.

„Whoa ...“ Er ließ sich zitternd auf die Matratze zurückfallen.

„Gern geschehen“, sagte ich mit einem Grinsen.

Kaum war ich auf den Knien, als Darren nach oben griff und mich packte. Er zog mich in einen fordernden Kuss hinunter und zwang meine Lippen mit seiner Zunge auseinander. Manche Männer mochten es nicht, wenn man sie nach einem Blowjob küsste, aber Darren störte das offensichtlich nicht im Geringsten. So wie er sich an meinen Haaren und meinem Nacken festhielt und wie er leise in meinen Kuss stöhnte, hätte es mich nicht überrascht, wenn er uns beide in Windeseile wieder erregte und bereit für eine zweite Runde gehabt hätte.

Doch schließlich lösten wir uns voneinander und ließen uns auf das Bett fallen.

„Fuck ..." Ich wischte mir den Schweiß von der Stirn. „Das war verdammt unglaub..." Ich unterbrach mich und warf ihm einen verlegenen Blick zu. „Entschuldige. Ich, ähm, hoffe, es macht dir nichts aus, dass ich so viel fluche."

Darren schnaubte. „Um ehrlich zu sein, ist es mir nicht einmal aufgefallen."

„Oh. Gut. Denn es gab eine Menge davon."

Mit einem leisen Lachen wischte er sich über das Gesicht und zerzauste dabei einige seiner Haare. „Ich fasse das als Kompliment auf."

Ich drehte mich auf die Seite und stützte mich auf einen Ellbogen. „Ich dachte, Männer in deinem Beruf sollten nicht ... du weißt schon ..."

„Schwul sein?" Er grinste. „Oder Sex haben?"

„Nun, beides." Ich legte meine freie Hand auf seine Brust. „Oder eben schwulen Sex haben."

Er schob seine Hand auf meine. „Darüber lässt sich streiten. Aber ich trage auch Mischgewebe, obwohl die Bibel was dagegen hat, und habe eine leichte Sucht nach gekochten Muscheln, also ..."

„Du bist also ein rebellischer Pastor."

Er lachte und strich mit seiner Hand meinen Arm hinauf und hinunter. „Nicht ganz. Ich denke nur, dass manches in der Bibel wörtlich genommen werden sollte und manches ein Gleichnis ist. Und vieles ist falsch interpretiert worden. Ich kann nicht behaupten, dass ich besser als alle anderen weiß, was was ist, aber ich versuche es."

„Wow. Ich glaube, ich habe Pastoren und Gelegenheitssex nie im selben Satz verwendet."

„So was mache ich normalerweise auch nicht." Er tat es mir gleich, drehte sich auf die Seite und stützte sich auf seinen Ellbogen. „Aber ich fühle mich nicht sonderlich schuldig."

Ich grinste. „Ich auch nicht, aber ich bin ja auch Atheist. Kein Gewissen und so weiter."

Darren lachte erneut. „M-hm. Dessen bin ich mir sicher." Er legte eine Hand auf meine Brust und zeichnete mit seinem Mittelfinger kitzlige Kreise. „Ich bin kein Priester. Wir dürfen das. Der Pfarrer in meiner letzten Kirche hatte sieben Kinder, also bin ich mir ziemlich sicher, dass er nicht zölibatär war."

„Aber verheiratet, oder?"

„Er *kann* legal heiraten. Ich nicht." Darren zuckte mit den Schultern. „Und fürs Protokoll: Sieben Monate nach seinem zwanzigsten Hochzeitstag ist seine älteste Tochter zwanzig geworden." Seine Augen wurden schmal und sein schiefes Grinsen ließ meinen Puls in die Höhe schnellen. „Ich bin mir also ziemlich sicher, dass ich nicht der einzige Geistliche bin, der", er fuhr mit einer Fingerspitze über meine Brust, was mir ein paar leise Flüche entlockte, „von den Versuchungen des Fleisches fasziniert ist."

„Ach wirklich?"

„Ja."

Ich spiegelte seine Geste und fuhr mit einem Finger über seine Brust hinunter, aber ich hielt nicht inne. „Also, wie viel Versuchung", ich folgte der dünnen Linie dunkler Haare unterhalb seines Nabels und grinste, als er aufkeuchte, „kann dein Fleisch heute Abend aushalten?"

Darren biss sich auf die Lippe. „Ich kann alles nehmen, was du zu geben hast."

„Hm." Ich küsste ihn. „Herausforderung angenommen."

KAPITEL 4

Das Tageslicht war ein Miststück. Mein Kopf hämmerte zum Glück nicht, aber ich hätte gern noch ein paar Stunden mehr Zeit gehabt, das leichte Stechen und Ziehen nach der letzten Nacht in vollen Zügen zu genießen, *ohne* die heftige Dosis ungewohnter Schuldgefühle, die mit der aufgehenden Sonne einherging. Offenbar brauchte es nur ein paar Sonnenstrahlen, um das *Was zum Teufel habe ich gerade getan?* auszulösen und das *Dies könnte peinlich werden.*

Aber es war nur ein One-Night-Stand. War doch egal. So etwas hatte mich nie berührt. Okay, er war mein Nachbar, was bedeutete, dass es unmöglich war, einander aus dem Weg zu gehen, selbst wenn wir es wollten, also war es ungefähr so schlau, mit ihm zu schlafen, wie einen Mitbewohner zu vögeln. Die peinliche Stimmung war also nicht sonderlich überraschend, aber die Schuldgefühle waren ... neu.

Was auch immer der Grund war, dieses schuldbewusste, unbehagliche Gefühl hatte sich unter meine Haut gegraben, und ich wartete auf den Moment, in dem Darren und ich am Morgen danach zum ersten Mal Blickkontakt hatten.

Als ich mich umdrehte und wir uns gegenseitig ansahen, nackt und zerzaust im Morgenlicht, überrollten mich diese Schuldgefühle mit voller Wucht. Wenn Scheiße bauen Tequila war, dann war das hier der Kater, der mir die Erkenntnis einhämmerte, dass ich letzte Nacht ... Ja, genau. Ich hatte Scheiße gebaut.

Aber dazu waren zwei nötig gewesen.

Und so, wie er die Augenbrauen hochzog, und dem *Oh fuck* in seinen müden Augen nach zu urteilen, war ich nicht der Einzige, der sich den ganzen verdammten Tag in Reue suhlen würde.

Er stützte sich auf seine Ellbogen und setzte sich dann ganz auf, wobei jede Bewegung den Abstand zwischen uns ein wenig mehr vergrößerte. „Ähm. Wir ..." Seine Finger trommelten schnell auf das Laken, das sein Knie bedeckte. „Willst du, ähm, einen Kaffee?"

„Sicher. Ja."

Nicht, dass ich lange genug für einen Kaffee bleiben wollte, aber es gab uns eine Ausrede, um aus diesem Bett zu kommen. Wir trennten uns, wie es Menschen nach One-Night-Stands tun, die nicht hätten stattfinden sollen: ein peinlicher Kaffee, gemurmelte Entschuldigungen und eine schnelle Flucht mit unverbindlichen Bemerkungen über „später" und „irgendwann mal wieder". Wir verzichteten auch auf den Abschiedskuss, was nur den Punkt unterstrich, der schon viel zu deutlich war: Die letzte Nacht hätte *nicht* passieren dürfen.

Auch wenn ich mir nicht ganz sicher war, warum. Ich hatte nichts gegen One-Night-Stands. Aber ... Nachbarn. Zwei Typen, die sich nicht ewig aus dem Weg gehen konnten. Und einer war ein Pastor, verdammt noch mal. Genau die Art von Mensch, die ich um jeden Preis vermeiden wollte, verpackt in einem Körper, dem ich nicht widerstehen konnte. Genau die Art von Mensch, mit der ich mich nicht einlassen sollte, es sei denn, ich wollte meinen jahrelangen emotionalen Heilungsprozess ein ganzes Stück zurückwerfen.

Ich versuchte – ja, genau – meine Gedanken von gestern Abend und heute Morgen abzulenken, während ich duschte, mir einen weiteren Liter Kaffee die Kehle hinunterschüttete, der Katze Futter und frisches Wasser gab und mich auf den Weg nach unten in den Laden machte.

Anfangs gab es nicht viel zu tun. Ich hielt meinen Arbeitsplatz immer makellos sauber. Der Wartebereich musste nur ein wenig aufgeräumt werden – den Stapel mit Zeitschriften und Portfolios zurechtrücken, mit Besen und Kehrschaufel durchgehen – und der Tresen und die Schreibtische waren bereits zusammengeräumt. Es gab nichts mehr zu tun, und das zwei Stunden vor meinem ersten Termin.

Ich brauchte etwas, um meine rastlosen Hände und mein Gehirn zu beschäftigen, also nahm ich ein Klemmbrett, öffnete den Schrank mit der Tätowiertinte und begann, Tiegel und Flaschen zu zählen.

Ich war unseren Vorrat halb durchgegangen, als die Eingangstür geöffnet wurde. Ich hoffte auf einen frühen Kunden ohne Termin, aber es war nur Lane. „Hey, Mann."

„Morgen", brummte er und nippte an seinem Kaffee. „Wie geht's?"

„Gut. Bei dir?"

„Eh."

Typisch. Ich machte mit dem Zählen weiter.

„Äh, Seth?"

Ich lehnte mich zurück und warf einen Blick an der offenen Schranktür vorbei. „Hm?"

Lane musterte mich. „Du weißt schon, dass heute Freitag ist, oder?"

„Ja."

Er deutete auf den Schrank. „Wir werden die Hälfte von dem verbrauchen, was da drin ist, bevor du am Montag die Gelegenheit hast, es nachzubestellen."

„Ich weiß. Ich weiß. Ich brauche nur ... für ein paar Minuten etwas zu tun."

„Alter, wir sind selbständig", sagte er und lachte verhalten. „Du musst nicht beschäftigt aussehen."

„Nein, ich muss nur beschäftigt *sein*. Etwas, das", ich tippte mit dem Stift an meine Schläfe, „meinen Geist beschäftigt."

„Oh." Er runzelte die Stirn. „Okay. Äh, alles in Ordnung?"

„Ja. Ja. Ich habe nur viel um die Ohren." Ich schaute auf die Uhr. Es war kurz vor elf und wir würden wahrscheinlich für eine Weile keine Laufkundschaft sehen, also legte ich das Klemmbrett beiseite. „Ich gehe jetzt Mittagessen. Soll ich dir etwas mitbringen?"

„Nein, ich bin versorgt. Trotzdem danke."

„Jederzeit. Bin in einer Stunde zurück."

Ich ging nicht wie sonst in Richtung Stadtplatz. Dort gibt es besseres Essen, aber das war auch der Weg, den Darren und ich gestern Abend genommen hatten, und diese Schritte zurückzuverfolgen, würde mir jetzt nicht gut tun.

Ich stieg in meinen Wagen, parkte rückwärts aus und fuhr in die entgegengesetzte Richtung, wobei ich mir nicht einmal einen Blick auf die vertraute Straße im Rückspiegel erlaubte. Als ich in die nächste Gasse einbog, ließ ich einen

Atemzug entweichen und versuchte, die Anspannung aus meinen Schultern zu lösen.

Das war lächerlich. Es ergab keinen Sinn. Irgendetwas an der letzten Nacht bereitete mir Bauchschmerzen, aber ... *warum?* Ich hatte mehr One-Night-Stands gehabt, als ich zählen konnte – darunter einige mit Kollegen, Klassenkameraden und engen Freunden – und keiner von ihnen hatte mich so aus dem Konzept gebracht wie dieser.

Ich versuchte, nicht daran zu denken, aber wie gut hatte das jemals geklappt? Und je mehr ich darüber nachdachte, ob ich es wollte oder nicht, desto schlechter fühlte ich mich. Meine Haut kribbelte. Mein Magen verknotete sich. Jedes Mal, wenn ich mich bewegte, erinnerte mich ein Stechen an etwas, das wir getan hatten, an etwas, das er getan hatte, und Unbehagen mischte sich mit erwachender Erregung. Wenn ich nach oben in meine Wohnung gehen und mich einfach den Erinnerungen hingeben würde, war ich mir nicht sicher, ob ich einen Ständer bekommen oder kotzen würde.

Oder auf etwas einschlagen. Denn ich war sauer und ich konnte nicht einmal ansatzweise verstehen, warum. Auf mich selbst? Auf Darren? Ich hatte keinen blassen Schimmer.

Immer wieder musste ich an den Moment zurückdenken, als ich ihn beiläufig gefragt hatte, welche Art von Arbeit ihn nach Tucker Springs gebracht hatte.

Ich bin Pastor.

Vielleicht war das das Problem. Wahrscheinlich hatte es etwas damit zu tun, wie peinlich berührt er heute Morgen gewesen war; ich konnte mir nicht vorstellen, dass One-Night-Stands mit fast fremden Menschen desselben Geschlechts in seinem Beruf erwünscht waren.

Aber tief im Inneren sagte mir etwas, dass ich auch so

zwiegespalten und verwirrt wäre, wenn er heute Morgen gelächelt und geflirtet hätte und mich mit dem Versprechen einer Wiederholung aus der Wohnung begleitet hätte. Ich hasste es, dass ich jemanden wie ihn so nah an mich herangelassen hatte. Ich hatte mich sorgfältig von religiösen Menschen ferngehalten. Sie konnten glauben, was sie wollten, aber ich war ein gebranntes Kind und scheute nun das Feuer.

Nur war er nicht wie die anderen. Und er war auch nicht der Typ, der jemanden ausgrenzte, weil dieser schwul war. Er war viel zu gut darin, zu blasen und gefickt zu werden, um sich viel Mühe gegeben zu haben, Schwulen aus dem Weg zu gehen.

Aber er war immer noch ein Christ. Er war immer noch ein Pastor. Er war nicht nur gläubig, er predigte auch. Er brachte andere in die Gemeinde. Er konnte unmöglich ahnen, warum ich Christen im Allgemeinen misstraute und es für gewöhnlich nicht ertrug, mit einem Geistlichen in einem Raum zu sein.

Und doch hatte ich die Nacht mit einem von ihnen im selben Bett verbracht. Und ich hatte jede Minute davon genossen. Jede verdammte Minute. Genauso wie ich es verdammt genossen hatte, mit ihm bei ein paar Bier zu reden. Die letzte Nacht war ein perfektes erstes Date und ein perfekter erster Fick gewesen, bis auf dieses eine winzige Detail, und ich ... ich wusste nicht, was ich davon halten sollte. Von allem.

Das Einzige, was momentan klar war, war, dass die letzte Nacht ein Fehler gewesen war.

Das Ink Springs hatte freitagabends immer lange geöffnet,

und es war schon viertel vor zehn, als Lane und ich die Eingangstür abschlossen. Wir plauderten ein paar Minuten lang und dann fuhr er heim.

Ich ging nicht sofort nach oben. Eine lange Zeit stand ich vor der Tür, die zum Treppenhaus hinaufführte. Was, wenn Darren wach war? Diese Wände waren so dünn, dass ich hätte schwören können, nachts Spinnen durch den Flur laufen zu hören. Wenn er wach war, würde er mich hören. Und dann könnte er vielleicht rauskommen. Und ich war mir nicht sicher, ob ich mehr Angst davor hatte, dass er sich genauso unwohl und unbehaglich fühlen würde wie ich, oder dass er gar nicht an das dachte, was wir letzte Nacht getan hatten.

Ich würde es herausfinden, wenn sich unsere Wege schließlich wieder kreuzten. Offensichtlich hatte er nichts gegen Sex mit einem Mann, den er gerade erst kennengelernt hatte. Er hatte nicht mit der Wimper gezuckt, zumindest nicht bis zum Morgen danach. Und er war nicht betrunken gewesen. Er war bei klarem Verstand gewesen und es war kein von zu viel Alkohol schlaffer Schwanz in Sicht gewesen, also hatte er verdammt gut gewusst, was er tat, als er mich küsste und dann vorschlug, in seine Wohnung zu gehen.

Ein Pastor, der auf Gelegenheitssex und One-Night-Stands steht. Was zum Teufel?

Egal. Ich war noch nicht bereit, ihm gegenüberzutreten, also steckte ich die Schlüssel in meine Jackentasche und ging den Bürgersteig hinunter.

Das Lights Out war nur ein paar Blocks entfernt. Als ich dort ankam, nickte mir der Türsteher, der an der Tür die Ausweise kontrollierte, zu und ließ mich rein, ohne dass ich den Eintritt bezahlen musste. Manchmal zahlte es sich wirklich aus, den Besitzer des Clubs zu kennen.

Über die Musik hinweg rief ich: „Ist Jason da?" Natürlich war er da. Er war immer hier, wenn der Club geöffnet war.

Der Türsteher zeigte auf die Treppe. „Hab ihn zuletzt in seinem Büro gesehen."

„Danke." Ich ging die Treppe hinauf und an dem Schild *Zutritt nur für Angestellte* vorbei in einen kurzen Flur. Dann klopfte ich mit zwei Fingerknöcheln an die Tür zu Jasons Büro.

„Es ist offen", kam die angestrengte, müde Antwort. Ich verzog das Gesicht. Da machte wohl jemand eine harte Nacht durch.

Ich stieß die Tür auf. „Hey, Mann."

Er blickte von einem Berg von Papierkram auf und atmete aus. „Oh, hey. Wie läuft's?"

„Nicht schlecht." Ich ließ mich auf den Klappstuhl vor seinem Schreibtisch fallen. „Bei dir?"

„Hm." Jason rieb sich vorsichtig die Schulter und legte den Kopf schief, um seinen Nacken zu dehnen.

„Die Schulter macht Probleme?"

Er nickte. „Ich würde Michael kommen lassen, aber Dylan verbringt dieses Wochenende bei uns."

„Nun, es ist ja nicht so, dass er dich nicht morgen früh behandeln könnte."

„Stimmt."

„Es muss schön sein, einen Akupunkteur im Haus zu haben."

Jason schenkte mir ein süffisantes Grinsen. „Es hat seine Vorteile." Er klappte den dicken Aktenordner zu, den er durchgeblättert hatte, und stützte seine Ellbogen darauf. „Und was führt dich hierher? Wieder kein Bier mehr?"

„Komm schon, ich komme nicht nur wegen des Freibiers her." Ich lehnte mich im Stuhl zurück. „Ehrlich gesagt will ich heute Abend nicht einmal ein Bier."

Jason setzte sich kerzengerade auf und stieß dabei fast eine Tasse mit Stiften von seinem Schreibtisch. „Alter, was ist los?"

„Tja." Ich klopfte mit dem Absatz gegen das Stuhlbein. „Ich habe einen neuen Nachbar."

„Ach ja? Stimmt, du hast gesagt, dass Robyn ausziehen wird."

„Ist sie auch. Und der neue Kerl?" Ich pfiff und schüttelte den Kopf. „Umwerfend."

„Schön! Es schadet nie, ein wenig Augenschmaus in der Nachbarschaft zu haben." Er hob eine Augenbraue. „Also, was ist das Problem?"

„Er ist heiß, er ist hinreißend und er ist ein *Pastor*."

Ein Lachen brach aus Jason heraus. „Oh Scheiße. Ernsthaft?"

„Ernsthaft."

„Wow. Diese verdammte Ironie."

„Brauchst du mir nicht zu erzählen."

„Weiß er denn, dass er im schwulsten Teil der Stadt wohnt?"

Ich nickte. „Ja. Auf jeden Fall. Und er findet es auch völlig in Ordnung, gegenüber von einem Atheisten zu wohnen."

Jason lachte wieder. „Vielleicht bist du sein nächstes Projekt, vorausgesetzt, er mag Herausforderungen."

Ich versuchte zu lachen, aber wahrscheinlich war es nicht sehr überzeugend. „Ja. Vielleicht." Ich sah auf meine Finger, die mit der Kante der Armlehne spielten. „Aber ich bin mir ziemlich sicher, dass er mit der Tatsache, dass ich schwul bin, kein Problem hat."

„Das ist ein Pluspunkt, vor allem wenn man bedenkt, in

welchem Teil der Stadt er wohnt." Jason zuckte mit den Schultern. „Was ist denn so schlimm daran? Dein heißer neuer Nachbar ist also ein Pastor? Genieße einfach den Anblick und verzichte auf die religiösen Debatten."

Seufzend drückte ich mich an die Rückenlehne. „Nun, das ist etwas leichter gesagt als getan. Besonders nach, ähm, letzter Nacht …"

Jason sah mich einen Moment lang an. Dann blinzelte er. „Großer Gott, Seth. Ihr zwei habt keine Zeit vergeudet, oder?"

Ich lachte und Hitze stieg mir in die Wangen. „Nein, haben wir nicht." Ich runzelte die Stirn. „Und jetzt fühle ich mich scheiße deswegen."

„Warum?"

„Das versuche ich schon den ganzen Tag herauszufinden." Ich trommelte mit den Fingern auf die Armlehne. „Ich schätze, es … Ich meine …" Ich atmete schwer aus. „Ich denke, es läuft darauf hinaus, dass ich mich nicht mit jemandem einlassen will, der zu dieser Sorte Mensch gehört, nach allem, was mit meiner Familie und meiner alten Kirche passiert ist."

Jason senkte das Kinn und hob die Augenbrauen. „Das war eine dieser extremistischen Kirchen. Ist es wirklich fair, eine ganze Religion über *diesen* Kamm zu scheren?"

„Vielleicht nicht", sagte ich mit zusammengebissenen Zähnen. „Aber der aus der Kirche Ausgestoßene und der verleugnete Sohn in mir scheren sich einen Dreck darum, was verdammt noch mal als ‚fair' gilt."

„Okay, das kann ich verstehen. Aber du weißt verdammt gut, dass nicht jeder mit einer religiösen Zugehörigkeit so ist wie deine idiotische Familie. Ich kann verstehen, warum du ein gebranntes Kind bist, aber Himmel, ich denke, es wäre erfrischend, jemanden zu finden, der uns nicht so verurteilt wie deine Familie."

„Vielleicht sollte es das sein, aber alles, woran ich denken kann, ist ... Scheiße. Ich weiß nicht einmal, was ich denke."

„Dass seine Akzeptanz dessen, wer du bist – und wer *er ist* – alles entwertet, was dir passiert ist?"

„Ich ..."

Ich hatte keine Antwort.

Jasons Bemerkungen blieben mir im Gedächtnis, als ich eine Stunde und zwei Bier später vom Lights Out nach Hause ging. Ich konnte mich nicht entscheiden, ob das, was er gesagt hatte, meine Schuldgefühle wegen meiner Abneigung gegen Leute wie Darren noch vergrößerte oder ob es mich sauer machte, weil er den Nagel auf den Kopf getroffen hatte und ich nun wusste, warum mich die letzte Nacht den ganzen Tag über irritiert hatte.

Vielleicht entwerteten Darrens Identität und seine Selbstakzeptanz das, was mir passiert war. Schließlich hatte er die Vorstellung, dass Homosexualität eine Sünde sei, so sehr abgelehnt. Oder dass an dem, was wir getan hatten, etwas falsch sei. Es schien so verdammt einfach für ihn zu sein, Dinge abzutun, die andere Prediger mit Feuereifer lehrten. Wie konnte er so einfach genau das ignorieren, was meine Familie und meine Kirche benutzt hatten, um mich zu exkommunizieren? Was meinte er damit, dass es zur Debatte stehe oder dass es keine so große Sache sei? Ich hatte meine ganze gottverdammte Familie deswegen verloren. Dieser Scheiß sollte besser mit Blut geschrieben und in

Stein gemeißelt werden, für alles, was es mich gekostet hatte.

Viel zu viel, um nach nur einem One-Night-Stand darüber nachzudenken.

An meiner Wohnungstür holte ich meine Schlüssel heraus. In diesem Moment öffnete sich eine Tür hinter mir, und das Geräusch ließ mich zusammenzucken und meinen Herzschlag in die Höhe schnellen.

„Hey." Sein Ton war zurückhaltend.

„Hey." Ich drehte mich um, bereit, ein Lächeln zu erzwingen und zu versuchen, die peinliche Stimmung zu überwinden.

Es war schon komisch, wie das Morgenlicht eine Nacht mit heißem Sex in glühende Schuldgefühle verwandeln konnte, aber ihn jetzt zu sehen, hatte eine ganz andere Wirkung. Ich hatte den ganzen verfickten Tag damit verbracht, nachzudenken und sauer zu sein und mich zu fragen, was verdammt noch mal passiert war und immer noch passierte, aber es war fast unmöglich, den höllisch heißen Mann vor mir mit dem Kerl in Einklang zu bringen, wegen dem ich an meinen Nägeln herumgekaut hatte. Nachdem ich von ihm getrennt gewesen war, hatten meine Sinne die Chance gehabt, sein Lächeln und diese entwaffnenden Augen zu vergessen.

Hey, Seth?, schienen meine Sinne mir jetzt zu sagen. *Dein Nachbar ist verdammt heiß.*

Er ließ die Hände in seine Taschen gleiten. „Ähm, also, heute Morgen war es ein bisschen seltsamer, als ich erwartet habe."

„Ja." Ich schluckte. „Das ... das tut mir leid."

Darren zuckte mit den Schultern. „Ist nicht deine Schuld. Ich dachte nur, wir sollten reinen Tisch machen und so."

„Richtig. Gute Idee." Ich versuchte, mir meine Nervosität nicht anmerken zu lassen.

Er deutete auf seine Tür. „Ich weiß, es ist schon ziemlich spät, aber wenn du reinkommen willst, ich habe ein
Sechserpack im Kühlschrank."

Führe mich nicht in Versuchung ...

Unter Aufbietung all meiner Zurückhaltung – und das
war nicht viel – sagte ich: „Vielleicht sollten wir mit dem
Bier noch warten." *Ich brauche heute Abend wahrscheinlich
keins mehr.* „Ich meine, bis wir die Gelegenheit hatten zu
reden."

Er atmete aus. „Gute Idee."

Und natürlich herrschte Schweigen, wie es immer der
Fall war, wenn zwei Menschen dringend miteinander
reden mussten. Wir sahen uns nicht an. Eine gute Minute
lang sagte keiner von uns ein Wort.

„Wenn du meine Meinung hören willst", sagte er
schließlich, „ich bereue es nicht".

Ich hätte darin eine gewisse Erleichterung finden
sollen. Vielleicht war es ja doch kein so riesiger Fehler
gewesen. Aber mein Bauchgefühl war da anderer Meinung.

Darrens Stirn legte sich in Falten. „Ich habe das
Gefühl, dass du es tust?" Er wich ein wenig zurück, als
würde er sich für das wappnen, was ich sagen würde.

„Ich weiß nicht, ob ich es bereue, aber ..." Ich rieb mir
den Nacken. „Hör zu, es liegt nicht ..."

„Es liegt nicht an mir, sondern an dir?", fragte er mit
einem vorsichtigen Grinsen.

Ich brachte ein leises Lachen zustande. „Nein. Nun,
ich meine, irgendwie schon. Wahrscheinlich liegt es hauptsächlich am Timing." Diese Ausrede war so gut wie jede
andere.

„Wie meinst du das?"

„Im Grunde genommen bin ich gerade nicht in der richtigen Verfassung, mich mit jemandem einzulassen." Jepp. Das funktionierte. Bleib dabei.

War das Enttäuschung auf seinem Gesicht? Schwer zu sagen, vor allem, wenn er sie mit einem Achselzucken abtat, als wäre sie nichts. „Mach dir keine Gedanken darüber. Ich meine, wir müssen nebeneinander wohnen, also will ich nicht, dass die Stimmung zwischen uns peinlich wird."

„Ja. Will ich auch nicht."

„Nun, falls du deine Meinung änderst, weißt du ja, wo du mich findest." Er lächelte, und jetzt war ich mir *sicher*, dass das gerade eben Enttäuschung gewesen war.

Verdammt, konnte den Kerl denn gar nichts wütend machen? Musste er denn *alles* so verdammt locker sehen? Er hatte kein Problem damit, sich mit einem Atheisten einzulassen – und mit ihm zu *schlafen*. Er hatte nicht einmal mit der Wimper gezuckt, als ich ihn für eine Wiederholung abwies. So ruhig und rational, wie er dastand, ganz zu schweigen davon, dass er unverschämt gut aussah und mich *völlig* aus dem Gleichgewicht brachte, hatte er offensichtlich keine Ahnung, wie schwer er es mir machte, an meiner *Ich kann das jetzt wirklich nicht*-Einstellung festzuhalten. Rücksichtsloser Mistkerl.

„Wie dem auch sei." Ich zeigte auf meine immer noch verschlossene Tür. „Es ist schon ziemlich spät. Ich sollte jetzt reingehen."

„Ja, ich sollte auch zu Bett gehen. Am Wochenende ist immer viel los. Gute Nacht, Seth."

„Gute Nacht."

Er streckte seine Hand aus. Es schien seltsam, sich nach der letzten Nacht mit einem freundlichen Händedruck zu trennen, aber das war auch gut so. Je platonischer, desto besser.

Nur dass er nicht losließ. Genauso wenig wie ich. Genau wie gestern Abend, als die Dinge diese unerwartete Wendung genommen hatten.

Unsere Blicke trafen sich.

Seine Finger zuckten auf meinem Handrücken. Meine taten dasselbe auf seinem. Als ob wir beide darüber nachdachten, diesen beiläufigen Kontakt zu nutzen, um diese angenehme, aber irgendwie auch nicht Distanz auf ein Nichts zu verkürzen.

„Falls es einen Unterschied macht", sagte er leise, „ich bin auch nicht auf etwas Ernsthaftes aus." Seine Finger zuckten wieder, aber nicht mehr so subtil. „Nicht in nächster Zeit."

„Ach ja?"

Er nickte langsam. Seine Lippen spannten sich, als würde er – mit Mühe –dem Drang widerstehen, darüber zu lecken.

Oh, verdammt. Wem wollte ich hier etwas vormachen?

Ich packte seine Hand fester und kaum hatte ich daran gezogen, als er an mir klebte und mich in einen tiefen, überwältigenden Kuss verwickelte. Ich hatte mir den ganzen gottverdammten Tag lang eingeredet, dass wir das nicht tun könnten, aber es war ein Ding der Unmöglichkeit, daran festzuhalten oder danach zu handeln, wenn ich ihn so berührte. Oder wenn er mich so küsste. Oder wenn er so sehr nach einer Nacht schmeckte, die mir jetzt nicht mehr so bedauerlich erschien.

Er unterbrach den Kuss und neigte den Kopf zurück, und ich brauchte keine weitere Aufforderung. Ich beugte mich vor und küsste die Seite seines Halses, die Unterseite seines Kiefers, jedes Fleckchen heißer Haut, das er mir zeigte.

„Bist du sicher, dass du gehen musst?", fragte er

keuchend, während ich mich an seinem Hals entlang küsste.

„Gehen?" Ich hielt inne und strich mit der Zunge über die Stelle knapp über seinem Kragen. „Wer hat etwas von gehen gesagt?"

„Du ... du hast ... Ich ..." Ein Schauer presste seinen Körper fester an meinen. „Niemand hat das gesagt."

Ich grinste an seinem Nacken. „Das habe ich mir schon gedacht."

Seine Finger glitten durch mein Haar, aber dann packte er es und zog meinen Kopf zurück, und noch bevor ich den Schock überwunden hatte, waren seine Lippen auf meinen. Verdammte Scheiße, aggressive Männer waren meine Schwäche und nichts machte mich so an wie ...

Er drückte mich gegen die Wand. Ich nahm den Kopf zurück und sah ihn an, völlig überwältigt, und in dem Sekundenbruchteil, bevor er mich wieder küsste, hatte er ein teuflisches Funkeln in den Augen,. Und dann waren seine Hände auf meiner Jeans. Meinem Gürtel. Meinem Reißverschluss. *Großer Gott.*

Darren brach den Kuss ab und ich hatte nicht einmal Zeit für ein halbherziges *Ist das eine gute Idee?*, bevor er sich auf die Knie fallen ließ.

Sowohl seine Hand als auch sein Mund glitten an meinem Schwanz hinunter und hinauf – das eine erzeugte Reibung, das andere war feucht und heiß – und seine andere Hand landete auf meiner Hüfte. Ich legte eine Hand auf seine, vergrub die andere in seinem Haar. Ein leises Stöhnen vibrierte auf meiner Haut und stellte klar, dass er das genauso genoss wie ich, und mir lief das Wasser im Mund zusammen bei dem Gedanken, mich direkt hier im Flur zu revanchieren.

Verdammt, Darren, du machst es mir sehr schwer ... sehr

schwierig *mir einzureden, dass wir nicht ... dass wir nicht ... dass ... oh, Herr im Himmel, mach damit weiter ...*

„Oh, fuck", stöhnte ich. Meine Augen rollten nach hinten. Meine Knie gaben fast unter mir nach. Meine Hand schlug auf die Wand neben mir und kratzte über den tapezierten Gipskarton, um Halt zu finden, auf der Suche nach *irgendetwas,* an dem ich mich festhalten konnte, während ich die Beherrschung verlor.

Als er aufstand, wischte er sich mit dem Handrücken über den Mund. „Musst du heute Abend noch weg?"

„Willst du das denn?" *Wann haben meine Zähne angefangen zu klappern?*

„Auf keinen Fall."

„Dann nicht." Ich schlang die Arme um ihn. „Ich muss nirgendwo hin."

„Gut. Denn du wirst in meinem Schlafzimmer gebraucht."

KAPITEL 5

Wenn es etwas Schlimmeres gab als einen peinlichen Morgen danach, dann waren es zwei peinliche Morgen danach hintereinander. Oder, na ja, ich nahm an, dass das der Fall wäre, aber ich wartete nicht ab, um es herauszufinden. Als wir uns schließlich gegen zwei Uhr morgens gegenseitig erschöpft hatten und die einzige Möglichkeit darin bestand, einzuschlafen oder wach zu bleiben und zu reden, gab ich ihm einen Gute-Nacht-Kuss, zog meine Jeans an und flüchtete in meine eigene Wohnung.

Wo ich dann prompt nicht einschlafen konnte.

Stanley kündigte seine Anwesenheit mit einem leisen Miauen an und kletterte dann auf das Bett. Er lief über mich hinweg, wie er es immer tat – Gott, ich musste den kleinen Scheißer auf Diät setzen –, bevor er sich neben mich plumpsen ließ. Ich kraulte ihn an den Ohren, was ihm ein leises Schnurren entlockte. Jedenfalls eine Minute lang. Dann stand er auf, begab sich aus meiner Reichweite und rollte sich mit dem Rücken zu mir wieder zusammen. Typisch.

Während meine Katze mich an meinen Platz im

Universum erinnerte, starrte ich an die Decke und konnte mir keinen Reim auf die Situation mit Darren machen.

Okay, die körperliche Anziehungskraft ließ sich nicht leugnen. Oder die Kompatibilität im Bett. Darren war aggressiv und fordernd, und dann wechselte er die Richtung und war ein Bottom mit einer Begeisterung, die mich in den Wahnsinn trieb. Und er war auch nicht auf etwas Ernstes aus.

Die Frage war, was erwartete er sich wirklich davon?

Und was erwartete *ich* mir davon? Wenn ich das wüsste. Ich wusste nur, dass ich Männern nicht hinterhertrauerte. Ich tat das einfach nicht. Aber normalerweise vögelte ich auch nicht mit jemandem, dem ich jeden verdammten Tag auf dem Flur oder der Straße begegnete. Ich hätte ihn wahrscheinlich meiden können, wenn er ein wenig vermeidbarer gewesen wäre.

Wenigstens waren wir uns heute Morgen während meines „Pendelns zur Arbeit" nicht begegnet. Ein weiterer Vorteil, wenn man unter der eigenen Wohnung arbeitete: Ich konnte binnen kürzester Zeit von einer Tür zur anderen gelangen.

Theoretisch sollte ich meine Arbeit nutzen, um mich von Darren abzulenken, aber das erwies sich als nicht besonders effektiv. Putzen, zeichnen, vorbereiten, tätowieren – selbst diese Aufgaben, die meine Aufmerksamkeit fesselten, konnten Darren nicht völlig aus meinen Gedanken verbannen.

„Hey, Seth?" Lane schaute von dem Tattoo auf, dessen Details er auf dem Unterarm eines College-Studenten mit Irokesenschnitt stach. „Musst du nicht bald irgendwo sein?"

„Was? Nicht bis ..." Ich schaute auf die Uhr an der Wand. „Oh Scheiße!" Ich sprang auf und schnappte mir meine Jacke. „Ich werde zu spät kommen."

Lane lachte. „Nur du kannst zu einem Termin zu spät kommen, der direkt auf der anderen Straßenseite ist." Er schüttelte den Kopf und murmelte: „Idiot." Der Junge mit dem Irokesenschnitt lachte, dann zuckte er zusammen, als Lane weiterarbeitete.

Zumindest würde es Michael verstehen. Er kannte mich – und meine Angewohnheit, die Zeit aus den Augen zu verlieren – gut genug. Und glücklicherweise war er seit Neuem in der Nähe. Nachdem er mit Jason zusammengezogen war, hatte er seine Praxis vom anderen Ende der Stadt in das leerstehende Gebäude gegenüber meines Studios verlegt. Ich musste sagen, es gab Schlimmeres im Leben, als wenn der beste Freund aus Kindertagen Akupunkteur wurde und eine Praxis in der Nähe eröffnete, damit er sich um jedes Wehwehchen kümmern konnte.

Andererseits war das Schlimme, überhaupt all diese verdammten Schmerzen zu haben. Es war echt beschissen, alt zu werden.

Als ich die Praxis betrat, atmete ich tief die Kräutermischung ein, die immer in der Luft lag. Allein dieser Geruch reichte aus, um einige Muskeln zu entspannen. Es war wie ein Versprechen, dass Erleichterung nicht weit weg war.

Nathan, der absolut umwerfende Hipster-Twink, der als Michaels Rezeptionist arbeitete, schlenderte aus dem Hinterzimmer. „Oh, hey! Ich habe mich schon gefragt, ob du es hierher schaffen würdest."

Ich lächelte. „Du weißt doch, wie das ist." Ich zeigte auf meinen Laden. „Termine dauern länger als geplant."

„Als ob ich das nicht wüsste." Er nickte zum Flur und verdrehte die Augen. „Mr ‚Ich brauche nur fünfundvierzig Minuten für jeden Termin, also buch sie nicht für eine ganze Stunde' da hinten wird das auch irgendwann lernen."

„Ja, genau." Ich schüttelte den Kopf. „Ich kenne den

Mann seit seiner Kindheit. Glaub mir, er wird es nie lernen."

„Wie bitte?" Michael kam um die Ecke. „Redest du schlecht über mich vor meinen Angestellten?"

„Es ist ja nichts, was er nicht schon gehört oder erlebt hätte."

Nathan unterdrückte ein Lachen und setzte sich hinter seinen Schreibtisch. „Kein Kommentar."

Michael warf ihm einen finsteren Blick zu und winkte mir dann zu. „In Ordnung. Für dich heute stumpfe, rostige Nadeln."

„Versprechungen, Versprechungen." Ich zwinkerte Nathan zu, er erwiderte es und ich folgte Michael.

In einem der Räume am Ende des Flurs setzte ich mich auf den Massagetisch, während Michael auf dem Rollhocker Platz nahm.

„Also", sagte er. „Wie fühlt sich der Nacken heute an?"

„Nicht so schlecht. Allerdings ist die rechte Seite seit ein paar Tagen etwas steif."

„Hast du diese Woche volles Programm?"

„Ein Termin nach dem anderen."

„Schwachsinn." Michael schlug mit seinem Klemmbrett auf mein Knie. „Wie oft müssen wir noch darüber reden? Wenn du dir eine ergonomischere Ausrüstung besorgen würdest, wie ich es dir immer wieder sage, würdest du dir nicht jedes Mal den Nacken ruinieren, wenn du eine anstrengende Woche hast."

„Und ich würde dir kein Einkommen verschaffen, also krieg dich wieder ein."

„M-hm." Er stand auf und legte das Klemmbrett dorthin, wo er gesessen hatte. „Zieh das Shirt aus und bring dich in Position."

Ich zog mein T-Shirt und meine Schuhe aus und legte mich mit dem Gesicht nach unten auf den Tisch.

Michael untersuchte vorsichtig meinen Nacken und meine obere Rückenpartie und fand all die angespannten, empfindlichen Stellen, als wären sie für ihn sichtbar. Er positionierte nacheinander einige Nadeln. Aus heiterem Himmel fragte er: „Also, wie heißt er?"

Ich hob den Kopf. „Wie bitte?"

Michael zog die Augenbrauen hoch, dann schmunzelte er und konzentrierte sich auf die Nadel in seiner Hand. Nachdem er sie platziert hatte, fragte er: „Hältst du mich für blöd?"

„Ist das eine rhetorische Frage?"

„Ja, ja, ja." Er öffnete ein weiteres Päckchen mit Nadeln. „Wie lange kennen wir uns schon, Seth?"

„Ich weiß nicht. Ungefähr zwanzig Jahre, oder?"

Er setzte die Nadel knapp unterhalb meines Nackens an und tippte sie an. „Glaubst du nicht, dass ich nach zwei verdammten Jahrzehnten gelernt habe zu erkennen, wenn dich ein Mann nachts wach hält?"

Ich sagte nichts. Die Stirn gegen das Donut-Kissen gedrückt, schloss ich die Augen und versuchte, die Muskeln in meinem Oberkörper zu zwingen, sich einfach zu entspannen, bevor diese ganze Anspannung alles zunichte-machte, wofür ich Michael bezahlte.

„Mein Gott." Michael drückte die Fingerspitzen in einen besonders angespannten Muskel und ich fluchte mit zusammengebissenen Zähnen. Er setzte ein paar Nadeln in die Nähe dieser Stelle. „Wie heißt er?"

Ich schluckte. „Hat Jason dir von ihm erzählt?"

„Nein, er hat ihn nicht erwähnt."

„Ich habe ihm die Geschichte gestern Abend erzählt. Im Club."

„Ich verstehe." Eine weitere Nadel in einen empfindlichen Muskel. „Nun, er hat noch geschlafen, als ich heute Morgen das Haus verlassen habe, und ich hatte noch keine Gelegenheit, mit ihm zu reden. Ich nehme also an, dass ich es jetzt aus erster Hand erfahre?"

„Sieht so aus." Ich schluckte. „Sein Name ist Darren." Ich deutete in die Richtung meines Tattoo-Studios auf der anderen Straßenseite. „Er ist in die Wohnung gegenüber gezogen, nachdem Robyn ausgezogen ist."

„Wie ist er so?"

Trotz all meiner Vorbehalte konnte ich mir ein Lächeln nicht verkneifen. „Er ist ein toller Typ. Witzig. Man kann gut mit ihm reden. Kennst du diese Leute, die du triffst und bei denen du das Gefühl hast, dass du sie schon dein ganzes Leben kennst?"

„Ja. Er ist einer von ihnen?"

„Sehr sogar." Ich seufzte. „Bis auf die Kleinigkeit, dass er ein verdammter Pastor ist."

Michaels Hände hielten inne, als er eine weitere Nadel setzte. „Pastor?"

„Ja. Du weißt schon. Ein Typ, der mit der Bibel herumfuchtelt und –"

„Ja, ich weiß, Klugscheißer. Wenn er also ein verdammter Pastor ist", Michael steckte eine weitere Nadel in mich, „heißt das, dass du einen verdammten Pastor vögelst?"

Ich lachte.

Er lachte ebenfalls und schlug mir spielerisch auf den Arm. „Du Hund. Führe ihn nicht in Versuchung."

„Bitte." Ich schnaubte. „Ich habe ihn nicht in Versuchung geführt. Er hat mir die Kleider vom Leib gerissen und mich –"

Michael lachte erneut. „Oh, ja. Und ich bin sicher, du hast die ganze Zeit protestiert."

„Habe ich!"

„Ist er heiß?"

„Natürlich."

„Dann nein, du hast nicht protestiert."

Ich seufzte dramatisch. „Du kennst mich viel zu gut."

Michael kicherte nur.

„Schade, dass er zu diesen Leuten gehört", sagte ich. „Er ist ein netter Kerl, aber ... ich kann mich auf keinen Fall mit so jemandem einlassen."

„Er gehört aber nicht zu unseren Familien", sagte Michael. „Allein die Tatsache, dass du mit ihm reden konntest, zeigt mir, dass er nicht einer dieser selbstgerechten Mistkerle ist wie die Menschen, mit denen wir aufgewachsen sind. Diese Leute hätten dich schon längst mit Bibeln geschlagen und in Weihwasser ertränkt." Er hielt inne und musterte mich auf die Art, wie er es immer tat. „Offensichtlich ist er nicht dieser Typ Mensch, oder?"

„Nein."

„Dann gib ihm eine Chance."

Ich seufzte. „Mit einer Vergangenheit wie meiner ist das leichter gesagt als getan, glaubst du nicht?"

„Vielleicht. Aber es könnte sich lohnen."

„Ja. Vielleicht."

„Nun, schreib ihn zumindest noch nicht gleich ab. Jetzt leg dich hin und entspann dich ein bisschen. Ich bin in zehn Minuten wieder da."

Er ließ mich in dem dunklen, stillen Raum zurück und ich schloss die Augen, während sich die Muskeln in meinem Rücken und Nacken langsam entspannten – so gut es eben ging, während Darren noch immer in meinem Kopf war. Dazu kamen noch ein paar Schmerzen, die mich daran erinnerten, dass ich mir die letzte Nacht nicht eingebildet hatte, und es war schwer, sich zu entspannen. Zum Glück holte mich die schlaflose Nacht ein und ich döste für eine Weile ein.

Schließlich kam Michael wieder herein. Keiner von uns beiden sagte etwas, während er alle Nadeln herausnahm, und als er damit fertig war, setzte ich mich auf. Wir besprachen meinen Nacken und meine Schulter, der gleiche Mist, den wir jede Woche durchgingen, aber als wir fertig waren, entließ er mich nicht.

Er verschränkte die Hände auf seinem Klemmbrett. „Während du hier drin warst, habe ich über deine Situation nachgedacht. Mit deinem Nachbar."

„Ach ja?"

Er nickte. „Und ich kann verstehen, warum du bei diesem Kerl zögerlich bist. Ich war dabei, Mann. Ich habe gesehen, was du durchgemacht hast. Aber ..." Er tippte mit einem Stift auf das Klemmbrett. „Der Scheiß, den unsere Familien uns angetan haben, besonders deine, ist ein großer Teil davon, warum ich selbst bis vor Kurzem nicht akzeptiert habe, dass ich schwul bin. Und wenn ich zugelassen hätte, dass das, was uns beiden passiert ist, mich weiterhin kontrolliert, hätte ich Jason verpasst. Schlicht und einfach."

Behutsam rieb ich mir den Nacken. „Nur geht es hier nicht darum, meine Sexualität zu akzeptieren oder so was in der Art. Ich fühle mich, als ob ... ich weiß nicht, als ob ich plötzlich für den Footballspieler schwärmen würde, der mich in der Schule immer verprügelt hat."

„Seth, wenn überhaupt, dann schwärmst du für jemanden, der zufällig für dasselbe Team spielt wie dieses Arschloch. Zum Teufel, jemand, der zufällig den gleichen Sport betreibt. Das heißt nicht, dass er dir wehgetan hat, er spielt nur Football mit dem Typen."

Ich kaute auf meiner Lippe. „Was würdest du dann tun? Wenn Jason der gleichen Kirche angehören würde, der auch unsere Familien angehören?"

„Darren gehört *nicht* dieser Kirche an", sagte er. „Und offensichtlich ist er auch schwul. Jedenfalls steht er auf Männer. Ich kann mir nicht vorstellen, dass er dir deswegen aus dem Weg gehen wird. Ganz im Gegenteil, so wie es sich anhört."

Ich sagte nichts.

„Er könnte es wert sein", sagte Michael nach einem Moment.

„Das könnte sein. Oder die Sache könnte mir um die Ohren fliegen. Auf schlimme Art."

„Vielleicht. Die Sache zwischen mir und Jason hätte mir auch um die Ohren fliegen können. Um Himmels willen, er war mein Patient und mein Mitbewohner, also glaub mir, ich verstehe das." Er legte den Kopf schief und zog eine Augenbraue hoch, wie immer, wenn er mich durchschaute. „Ich glaube, du machst dir Sorgen, weil du Angst hast, du könntest dich ernsthaft auf ihn einlassen."

Ich schluckte.

Er fuhr fort: „Ich glaube, du machst dir weniger Sorgen über eine Affäre mit deinem heißen Pastorennachbar als darüber, dass du dich auf eine Beziehung mit deinem heißen Pastorennachbar einlässt."

„Seit wann bist du ein Experte für diesen Scheiß?"

Schon wieder diese verdammte Augenbraue. „Seit ich deinen dummen Arsch dabei beobachte, wie du versuchst, dir rational auszureden, dich in jemanden zu verlieben?"

„Was?" Ich lachte. „Worauf zum Teufel willst du –"

Er warf mir einen Blick zu, der mich verstummen ließ. „Seth. Verdammt noch mal."

„*Was?* Wer hat etwas davon gesagt, dass ich mich in den Kerl verliebt habe?"

Michael seufzte schwer. „So sehr du auch versuchst, ein knallharter Kerl zu sein, weiß doch jeder, dass du der rührseligste Romantiker auf diesem Planeten bist."

Ich setzte mich aufrechter hin. „Wie *bitte?*"

„Stimmt doch", sagte er mit einem halben Schulterzucken. „Und vor allem, wenn es um diesen Mann geht."

„Michael, ich kenne ihn erst seit zwei Tagen. Wie zum Teufel kommst du darauf?"

„M-hm."

Ich hielt seinen Blick fest und versuchte, seinen Gesichtsausdruck zu deuten. „Was?"

„Seth." Michael seufzte. „Ich sage nicht, dass es euch beiden bestimmt ist, sich zu verlieben oder so, aber ich denke, du handelst voreilig, wenn du dich dieser Möglichkeit verschließt. Und vor allem bei diesem Mann denke ich, dass diese reflexartige Reaktion ein Fehler sein könnte."

Voller Unbehagen verlagerte ich das Gewicht. „Wie kommst du darauf?"

„Zu Beginn deines Termins habe ich dich gefragt, wie er ist."

„Und?"

„Und es gab zwei Möglichkeiten, wie du darauf hättest antworten können. Zum einen so, wie man es tut, wenn man auf jemanden scharf ist und sich nicht darum schert, ob es darüber hinausgeht. Du hättest seinen Arsch und seine Schultern beschrieben und gesagt, dass er einen Mund hat, der für etwas gemacht ist, das du auf poetisch-obszöne Weise beschrieben hättest." Michaels Augenbraue zuckte. „Als ich dich nach diesem Kerl gefragt habe? Du hast gesagt, er sei witzig und man könne gut mit ihm reden."

Mir rutschte das Herz in die Hose. Ich hatte das nicht

einmal selbst bemerkt, aber natürlich kannte mich dieser Wichser viel zu gut.

Michael lachte leise. „Und versuch gar nicht erst, das abzustreiten. Ich erkenne auf hundert Schritte, wenn du auch nur denkst, dass du dich in jemanden verlieben *könntest*." Er stützte die Ellbogen auf die Knie und lehnte sich ein wenig näher heran. „Das Seltsame ist, dass du so hart dagegen ankämpfst."

Ich senkte den Blick. „Ich kenne ihn erst seit ein paar Tagen."

„Das hat dich noch nie aufgehalten."

Ich antwortete nicht.

Michael seufzte. „Ich weiß, dass die Tatsache, dass er ein Pastor ist, dich nervös macht. Und du *weißt*, dass ich verstehe, warum. Aber wenn es etwas an diesem Mann gibt, das dir ins Auge springt, und du so hart kämpfen musst, um dich davon zu überzeugen, nicht herauszufinden, wie es mit ihm weitergeht, dann ist er vielleicht das Risiko wert." Bevor ich antworten konnte, fügte er hinzu: „Seth, deine Eltern haben dich eine Menge guter Dinge in deinem Leben gekostet." Er legte den Kopf schief und sein Blick war so ernst, dass mir das Herz stehen blieb. „Lass nicht zu, dass sie dich auch das hier kosten."

Ich wich Michaels Blick aus. „Was passiert, wenn es nicht klappt?" Ich deutete in Richtung meines Studios. „Wir wohnen gegenüber von einander."

Michael zuckte mit den Schultern. „Dann gehst du einfach leise im Flur vorbei, wie bei jedem anderen idiotischen Nachbar auch."

Ich funkelte ihn böse an. „Glaubst du wirklich, es wäre so einfach mit einem Ex?"

„Wahrscheinlich nicht. Aber ich vermute, dass es nicht viel weniger unangenehm sein wird, wenn ihr einfach im

Flur aneinander vorbeigeht, bei all der Spannung und dem ganzen Scheiß zwischen euch."

Oder wenn wir uns gegenseitig ins Bett zerren, auch wenn es wahrscheinlich keine gute Idee ist. „Gutes Argument."

„Red einfach mit ihm, geh einen Tag nach dem anderen an und um Himmels willen, versau das nicht."

Ich lachte. „Ich werde mich bemühen."

„Gut. Wie auch immer, ich muss jetzt zu meinen anderen Patienten. Halt mich auf dem Laufenden."

„Mache ich."

„In Ordnung. Sag Nathan, er soll dir Montag in zwei Wochen einen Termin geben." Michael nahm sein Klemmbrett in die Hand. „Aber wenn es zu schmerzhaft wird, kann ich dich auch früher herbestellen. Und schau dich bitte nach diesem ergonomischen Equipment um."

„Mache ich."

„Lügner", murmelte er.

Wir lachten beide. Dann umarmten wir uns kurz und er verließ den Raum, während ich mein T-Shirt und meine Schuhe wieder anzog.

Er hatte recht wegen Darren. Natürlich hatte er recht. Ich kannte Darren kaum, aber ich konnte mir vorstellen, mehr von ihm zu wollen als Sex und Freundschaft. Wir verstanden uns einfach zu gut und das konnte ich nicht ignorieren. Logisch und intellektuell gesehen wusste ich das.

Aber es war nicht der logische und intellektuelle Teil von mir, der furchtbare Angst davor hatte, sich mit Darren einzulassen. Und dieser Teil war sich sicher, dass der einzige Weg, nicht verletzt zu werden, darin bestand, dass wir nur Freunde blieben. Ganz egal, wie sehr ich ihn wollte.

KAPITEL 6

Mittwoch war einer *dieser* Tage. Genug Stornierungen, um mich für den Tag in die roten Zahlen zu bringen. Nicht funktionierende Geräte. Ein launischer Geschäftspartner.

Und zu allem Überfluss drohte ein verärgerter Vater damit, die Polizei zu rufen, weil ich seinen sechzehnjährigen Sohn tätowiert hatte. Als wäre es meine Schuld, dass der Junge einen absolut als echt durchgehenden gefälschten Ausweis hatte und aussah, als wäre er fünfundzwanzig. Ich war verdammt vorsichtig, wenn es um Minderjährige ging, aber ich war kein verfickter Hellseher.

Als ich meinen letzten Termin um viertel nach sieben hinter mich gebracht hatte, war ich fix und fertig. Zeit für ein Bier, ein wenig sinnbefreites Fernsehen und eine frühe Nachtruhe. Gut, dass ich keinen langen Heimweg hatte, sonst wäre ich in ernsthafter Versuchung gewesen, zum herumbrüllenden Verkehrsrowdy zu werden.

Als ich mich an den offenen Kühlschrank lehnte und überlegte, was zu dem dringend benötigten kalten Bier passen könnte, wurde mir klar, dass ich viel zu aufgedreht für einen Drink war. Alkohol neigte dazu, eine solche Stimmung zu verstärken, und ich brauchte diesen Scheiß heute Abend nicht. Nicht, wenn mein Nacken schon so verkrampft war, dass ich halb in Versuchung war, Michael zu fragen, ob er Lust auf einen Hausbesuch hatte. Er könnte ein Bier trinken und ich könnte eine Akupunktur bekommen.

Leise Schritte gingen draußen auf dem Flur an meiner Tür vorbei und verkrampften jeden bereits angespannten Muskel in meinem Oberkörper noch weiter.

Eine Tür wurde geöffnet. Geschlossen.

Ich schluckte.

Darren war zu Hause. Auf der anderen Seite dieser Wand.

Ich starrte auf diese Wand. Ich versuchte, nicht das Echo der Nächte zu hören, die wir auf der anderen Seite der Wand verbracht hatten. Oder daran zu denken, wie sehr ich für eine Wiederholung töten würde.

Denn wir konnten das nicht tun. Es war besser, nur Freunde zu bleiben, sagte ich mir. Nur Freunde. Damit konnte ich gut umgehen. Viel mehr als das konnte sowieso nicht sein. Ausschlusskriterium und all dieser Scheiß. Auch wenn er witzig war. Und heiß. Und intelligent. Und verdammt fantastisch im Bett. Und ... und ... Scheiße.

Nur Freunde. Nur. Freunde.

Vergesst Alkohol und Akupunktur. Nach fünf Tagen, in denen ich Darren aus dem Weg gegangen war und langsam irre wurde, weil ich ihm nicht aus dem Weg gehen *wollte*, war heute einer dieser Abende, an denen ich etwas Stärkeres brauchte.

Bevor ich es mir ausreden konnte, schnappte ich mir meinen alten grauen Parka und ging nach oben auf das Dach. Die Ziegel waren noch feucht vom letzten Regen und die Nacht roch nass. Nach dem leicht stechenden Ozon in der Luft zu urteilen, würde es bald wieder regnen.

Robyn und ich hatten vor langer Zeit ein paar Gartenstühle hier heraufgebracht und sie hatte glücklicherweise die Weitsicht besessen, sie mit einer Plane abzudecken. Ich zog einen heraus, vergewisserte mich, dass die Sitzfläche nicht nass war, und stellte ihn neben die Betonbrüstung. Dann schleppte ich den Plastiktisch herüber, stellte ihn vor mich hin und setzte mich.

Als ich in meine Jackentasche griff, warf ich einen Blick zur Tür. Al war es scheißegal, was ich tat, wenn ich hierherkam – er hatte mich sogar ein- oder zweimal begleitet –, solange ich es nicht in meiner Wohnung tat. Die Vermieterin vor ihm hätte mich allerdings sofort rausgeworfen. Es war drei Jahre her, dass sie das Gebäude an Al verkauft hatte, und das war jetzt sowieso legal, aber ich wurde trotzdem weiterhin paranoid. Alte Gewohnheiten ließen sich nur schwer ablegen.

Als ich sicher war, dass der alte Knacker mich nicht erwischen würde, zog ich die Plastiktüte mit dem Papier und die kleine ehemalige Bonbondose aus meiner Jackentasche. Mir lief das Wasser im Mund zusammen, als ich den Joint drehte. Nicht wegen des Geschmacks des Rauchs, sondern wegen der Entspannung, die darauf folgen würde. Ich war seit einer Ewigkeit nicht mehr so aufgedreht gewesen, und das Bedürfnis nach Erleichterung grenzte an überwältigend. Verzweifelte Zeiten ...

Sobald er angezündet war, spitzte ich die Lippen um das Ende des Joints und sog so viel Rauch ein, wie meine Lunge vertragen konnte. Mit angehaltenem Atem lehnte ich mich in meinem Stuhl zurück und legte meinen Kopf an die Brüstung. Als die Hitze und Enge in meiner Lunge an unangenehm grenzten, atmete ich so langsam aus, wie ich eingeatmet hatte. Der Rauch sammelte sich in einer dünnen grauen Wolke über meinem Gesicht. Als sie sich lichtete, hob ich den Joint und nahm einen weiteren langen Zug.

Ich hatte das seit, ich weiß nicht, ein paar Wochen nicht mehr gemacht? Vielleicht sogar seit ein paar Monaten? Jedenfalls war es eine Weile her. Lange genug, dass die Wirkung schnell eintrat. Ich hielt so still wie möglich, während mein Körper schwebte und mein Kopf leicht wurde. Reichte das? Oder sollte ich den Joint fertig rauchen?

Ach, zum Teufel.

Ich nahm noch einen tiefen Zug und legte den halb gerauchten, schwelenden Joint in den Aschenbecher, während ich überlegte, ob ich schon damit fertig war oder nicht. Was ich zum Großteil war. Aber egal.

Ich schloss die Augen und eine Weile ließ ich mich einfach treiben. Nach und nach entspannte sich jeder Muskel in meinem Körper. Die Spannung in meinem Nacken ließ nach. Die Knoten in meinem Bauch lösten sich.

Nimm die Apathie an, hatte Michael gesagt, als wir in der Highschool einmal total high gewesen waren.

Ich fragte mich, ob er weiterhin Gras rauchte. Ich sollte ihn demnächst mal hierher einladen. Und Jason auch. Vielleicht Darren.

Darren.

Gott.

Ein Schauer bahnte sich seinen Weg durch den Dunst von *Mir ist alles scheißegal*. In meinem Kopf wiederholte sich ein Moment von heute Nachmittag, als ich ihn heimlich beobachtet hatte, wie er an meinem Studio vorbeiging. Mit gesenktem Kopf, die Hände in den Jackentaschen, hatte er ins Schaufenster geschaut und *gerade* lange genug gelächelt, um meinen Puls in die Höhe zu treiben. Selbst jetzt, als ich high in einem Sessel herumlungerte, reichte die Erinnerung aus, um die gleiche Wirkung zu erzielen.

Besonders, wenn sie weitere Erinnerungen auslöste. Das erste Mal, als ich ihn gesehen hatte. Dieser erste Kuss, der aus dem Nichts gekommen war.

„Ich bin normalerweise nicht so ...“

„Aggressiv?“

„Ja. Das. Nicht mit jemandem, den ich gerade erst kennengelernt habe.“

„Tja, falls es dich tröstet, ich bin es.“

Der Sex. Scheiße, der Sex.

„Falls du es noch nicht gemerkt hast, ich steh auf Tops.“

Der nächste Schauer lief durch mich. So viel dazu, mich von Darren abzulenken.

Sich zuzudröhnen, um sich von einem Pastor abzulenken. Das hatte fast etwas Poetisches an sich. Oder vielleicht war ich einfach nur high.

Ich zerrte an der Vorderseite meiner Jeans, um meinen Ständer unterzubringen. Jetzt fiel mir ein, dass ich wahrscheinlich die Tatsache hätte berücksichtigen sollen, dass Gras nicht nur Stress abbaute: Es machte mich auch verdammt geil. Normalerweise keine so große Sache. Eigentlich war es eine Art Routine: rauchen, entspannen, zurück in meine Wohnung gehen, wichsen, eine Tüte Doritos vernichten, wieder wichsen und dann ein paar Stunden schlafen wie ein Toter. Wenn ich mittags aufwachte, war ich ein neuer Mensch. Und ich würde mir wahrscheinlich wieder einen runterholen.

Nichts davon trug dazu bei, mich von diesem Pastor abzulenken, der sich in meinem Kopf eingenistet hatte. Anstatt in das Land von Scheißegal abzudriften, verwandelte sich mein Verstand in einen Nonstop-Porno, in dem ich jeden Kuss und jeden Stoß noch einmal erlebte. Meine Nervenenden konnten nicht mehr zwischen Realität und Erinnerung unterscheiden und sorgten dafür, dass ich das geisterhafte Streichen von Lippen oder das Kratzen von Zähnen spürte. Meine Jeans war unangenehm eng, und wenn ich in meiner Wohnung gewesen wäre, hätte ich dieses Problem längst gelöst. Hier oben auf dem Dach kiffen oder da unten in meiner Wohnung wichsen. Das Bedürfnis nach dem einen überwog das andere. Aber wenn dieser Film in meinem Kopf so weiterlief, würde sich dieses Gleichgewicht bald verschieben.

Türscharniere knarrten. Ich zuckte so weit zusammen, wie es das Gras zuließ, und drehte den Kopf.

„Hey, Al, ich bin's nur ... Darren?" Ich setzte mich auf und fragte mich, warum ich mich plötzlich wie ein Kind fühlte, das bei einem Fehlverhalten ertappt worden war. Vor allem, als ich meinen Parka über meinem Schoß zusammenzog. „Oh. Ich ..." *Mist.*

„Seth? Oh. Du bist es." Er lachte. „Tut mir leid. Ich, ähm, ich habe den Rauch gerochen und wollte mich nur vergewissern, dass nicht ein paar Kinder hier hochgekommen sind oder so."

„Nein. Nur ich." Ich wand mich innerlich. „Überraschung?"

Er lachte erneut. „Wusste gar nicht, dass du darauf stehst, aber ..." Er zuckte mit den Schultern.

„Ach, ich bin Künstler und Musiker." Ich zuckte mit den Schultern, und während ich versuchte, mich mit meiner Nervosität und dieser gottverdammten Erektion zu arrangieren, fügte ich hinzu: „Was hast du erwartet?"

Darren grinste. „Irgendwie ein Klischee, meinst du nicht?"

„Sehr witzig." Ich zeigte auf den Joint und grinste schief. „Willst du mir Gesellschaft leisten?"

Ich musste total bekifft sein. Völlig wirr im Kopf. Denn auf keinen Fall bewegte Reverend Darren Romero seinen großartigen Arsch einfach an meinen kleinen Plastiktisch und nahm mein Feuerzeug und den halb gerauchten Joint. Auf gar keinen Fall.

Ich hätte schwören können, dass ich noch higher wurde, wenn ich ihm nur zuschaute. Nicht nur, weil ich schockiert war, dass er Gras rauchte, sondern auch, weil es einfach so sexy war. Wie sich die Flamme des Feuerzeugs in seinem Gesicht spiegelte. Sein Mund um den Joint. Seine langen Finger, die ihn festhielten. Die Art, wie seine Wangen leicht hohl wurden, als er den Rauch einatmete. Heilige Scheiße.

Bislang hatte ich mich mehr recht als schlecht von ihm ablenken können, und sein Auftauchen half mir dabei auch nicht. Jetzt nahm er einen Zug von dem Joint, der mich bislang nur noch geiler gemacht hatte, eine Wirkung, an der er nicht das Geringste änderte.

Darren drehte den Kopf und blies den Rauch auf einer Seite seines Mundes hinaus. Sein Blick huschte durch die dünne Wolke zu mir. „Was?"

„Ähm. Nun ja." Ich lachte. „*Das* ist definitiv kein Klischee."

Er schmunzelte. „Ist auch keine Sünde, soweit ich weiß, also ..." Er nahm einen weiteren Zug.

Und ich starrte ihn nur an und fragte mich, was zum Teufel in diesem Gras war, das mich halluzinieren ließ. Mir fiel auch auf, dass er gerade einen zweiten tiefen Zug genommen und gar nicht gehustet hatte. Seine Augen tränten nicht einmal. Jedenfalls nicht viel. Der Kerl hatte einige Erfahrung mit diesem Zeug.

Darren lachte. „Stimmt etwas nicht?"

„Äh, nun, nein." Ich räusperte mich. „Ich hätte nur nicht gedacht, dass du tatsächlich auf mein Angebot eingehen würdest und ..." Ich brach ab und schüttelte den Kopf, und es war nicht das Marihuana, das mir die Fähigkeit genommen hatte, einen zusammenhängenden Gedanken zu bilden.

Ich hatte die Plane halb über die Stühle liegen gelassen, und Darren holte einen darunter hervor. Er stellte ihn ein Stück von meinem entfernt auf und setzte sich. „Du hast einen falschen Eindruck von mir, Seth." Er zerdrückte die Reste des Joints im Aschenbecher. „Ich bin kein Heiliger."

„Ja, ich ... fange langsam an, das zu begreifen."

Er sagte nichts, sondern schloss für einen Moment die Augen und ließ sich wahrscheinlich treiben. Nach einer Weile sagte er: „Du bist also Künstler und Musiker." Er verschränkte die Hände in seinem Schoß und sah mich mit schweren, verzückten Augen an. „Was für eine Art Musiker?"

„Alles außer der bezahlten Art."

Darren lachte. „Könntest du ein bisschen genauer sein?"

„Nicht wirklich", sagte ich. „Ich habe Jazz, Grunge, klassische Musik gespielt ... was auch immer dir einfällt, ich habe es wahrscheinlich gemacht."

„Was spielst du?"

„Bassgitarre." Ich ließ mich ein wenig tiefer in meinen Stuhl sinken, um es mir bequem zu machen. „Trompete. Klavier."

„Singst du auch?"

„Wenn ich die Leute aus dem Haus haben will, ja."

„So schlimm, hm?"

„Schlimmer. Glaub mir."

„Dann sind wir schon zwei." Darren schüttelte den Kopf. „Ich bin absolut *kein* Sänger."

„Wir sollten zusammen bei einer dieser Talentshows im Fernsehen auftreten", sagte ich. „Ein grässliches Duett singen und im Best-of der schlimmsten Kandidaten auftauchen."

Darren lachte. „Das ist doch mal eine Idee."

Ich kicherte nur. „Wie um alles in der Welt ist ein sittenstrenger, braver Junge wie du zum Kiffer geworden?"

„Ich bin kein Kiffer", sagte er mit so viel Entrüstung, wie jemand in seinem Zustand aufbringen konnte.

„Das ist nicht Ihr erster Joint, Reverend."

„Nein, ist es nicht. Aber ich bin kein Kiffer."

„Na gut. Das bin ich auch nicht." Ich lehnte den Kopf an die Brüstung. „Okay, und wie bist du zum Kiffen gekommen?"

Darren warf mir einen Blick zu. „Ich bin in Oklahoma aufgewachsen, Seth. Was hätte ich sonst tun sollen?"

Meine Schulter war ungewöhnlich schwer, als ich sie mit einem Zucken hob. „Was man sagt, das die Leute in deiner Gegend gerne tun – Kühe umschubsen."

Unsere Blicke trafen sich. Er schnaubte und wir brachen beide in Gelächter aus.

„Das funktioniert übrigens nicht", sagte er.

„Was?"

„Kühe umschubsen. Funktioniert nicht."

„Wirklich? Haben sie das bei *MythBusters* herausgefunden?"

„Keine Ahnung", sagte er leicht nuschelnd, „aber es funktioniert definitiv nicht."

„Du hast es also ausprobiert?"

„Offensichtlich."

„Und? Was ist passiert?"

„Beim ersten Mal ist nichts passiert." Er kicherte. „Beim zweiten Mal ...." Er brach ab, schüttelte den Kopf und lachte. „Nun, zunächst einmal waren wir betrunken."

„Das konnte nicht gut ausgehen."

„Nein, definitiv nicht." Er lehnte sich zurück und starrte in den Nachthimmel. „Und wir waren so betrunken, dass wir anscheinend den Unterschied zwischen einer Kuh und einem Stier nicht erkennen konnten."

Mir fiel die Kinnlade runter. „Ohne Scheiß?"

Schmunzelnd nickte er. „Du kannst dir ein Stiertreiben vorstellen, aber mit fünf Idioten und einem Stier auf einer Kuhweide."

„Oh Gott. Wurde jemand verletzt?"

„Nicht ernsthaft", sagte er. „Aber ich glaube, einer meiner Freunde ist traumatisiert."

„Ach ja?"

Darren lachte, ein Laut, der in Richtung des beständigen Kicherns ging, das immer auf ein paar Züge eines Joints folgte. „Bis heute bekommt der arme Kerl Schweißausbrüche, wenn man ihn in eine Country-Bar mit einem mechanischen Bullen mitnimmt."

Ich brach in Gelächter aus, wahrscheinlich mehr wegen des Grases als wegen der Bemerkung. „Wirklich? Ein *mechanischer* Bulle?"

„Ja. Armer Kerl." Darren konnte kaum reden, so sehr lachte er. „Ihm steht eine harte Zeit bevor, wenn er eines Tages die Rinderfarm seines Vaters erbt."

Wir sahen uns an und bogen uns vor Lachen.

Es war schwer zu sagen, wie lange wir auf dem Dach waren. Gras und Zeit stellten seltsame Dinge mit einem an, sodass es schwierig war, den Überblick zu behalten. Aber schließlich, nachdem wir uns einen zweiten Joint geteilt und Geschichten erzählt hatten, die wahrscheinlich nicht annähernd so lustig waren, wie wir beide dachten, machten wir für heute Schluss. Ich steckte die Blechdose und das Feuerzeug in meine Tasche und wir stapelten die Stühle unter die Plane. Dann gingen wir die Treppe hinunter zu unseren jeweiligen Wohnungen.

Im Flur blieben wir stehen. Die Schlüssel in der Hand, aber noch nicht in der Tür.

Nach fast einer ganzen Minute brach er das Schweigen. „Nun, danke für, ähm ...“

„Das Gras, Darren. Man nennt es Gras.“

Er lachte. „Ja, dessen bin ich mir bewusst. Danke.“ Er hielt meinen Blick fest und ich hätte beinahe meine Schlüssel fallen lassen.

Wir sahen uns tief in die Augen. Mein Verstand wählte natürlich diesen Moment, um mich an die erste und zweite Nacht zu erinnern, als ein solcher Moment zu einem Kuss geführt hatte, der uns in seine Wohnung brachte.

Und Darren wählte *diesen* Moment, als ich ein paar Sekunden weggetreten war, um näher zu kommen, und dann hatte er meine Aufmerksamkeit und er küsste mich nicht und ich küsste ihn nicht, sondern der Kuss geschah einfach. Langsam, träge, unglaublich sinnlich und verdammt heiß, was meine Nervenenden zum Glühen brachte und mir eine Gänsehaut unter meinen Klamotten bescherte.

Durch den Nebel in meinem Gehirn brach ein einziger klarer, aufrüttelnder Gedanke: Hatte Gras auf ihn die gleiche Wirkung wie auf mich?

Und selbst wenn es diese Wirkung nicht auf ihn hatte, so hatte es doch diese Wirkung auf mich. Was bedeutete, dass es keine Möglichkeit gab zu wissen, wo das High endete und das echte Verlangen nach Darren begann. Oder ob es überhaupt eine Rolle spielte, denn ich wollte ihn, egal ob ich high war oder nicht.

Und weißt du noch, wie seltsam es nach dem ersten Mal war? Als noch kein Gras im Spiel war?

Diesmal würde es nicht besser sein. Eher noch schlimmer. Einer von uns würde den anderen ausnutzen, nachdem Gras unsere Hemmungen gesenkt hatte. Obwohl, wer nutzte hier wen aus? Ich hatte keine verdammte Ahnung.

Ich wich zurück. „Wir sollten das nicht tun", flüsterte ich. „Das ... das Gras. Ich will nicht ..."

Darren lockerte seinen Griff um meine Jacke. „Du hast wahrscheinlich recht."

„Ich weiß, dass ich recht habe, aber verdammt noch mal, ich ..." Ich beugte mich wieder vor.

„Ich auch", sagte er und wehrte sich nicht, als ich ihn küsste. Und gerade als ich mich überzeugt hatte, mich zurückzuziehen, fuhr er mit den Fingern durch mein Haar, seine Nägel streiften meine Kopfhaut und ich war verloren. Ich drückte ihn gegen die Wand. Er packte mein Haar und meinen Nacken. Sogar durch den verbliebenen Rauch konnte ich seinen allzu vertrauten Duft wahrnehmen und ich dachte sofort wieder an die erste Nacht. Und an die zweite. Die zweite, die damit begonnen hatte, dass er mir hier mitten auf dem Flur einen blies. *Fuck ...*

Du bist high, Seth. Und er auch.

Irgendwie fand ich die Beherrschung, mich von ihm zu lösen. „Scheiße. Es tut mir leid."

Darren strich sich mit der Zunge über die Lippen. „Was?"

„Wir sollten das nicht tun. Nicht nachdem wir, ähm, etwas geraucht haben." *Wir sollten das überhaupt nicht tun.*

Er atmete aus und ließ die Schultern ein wenig sinken. „Du hast recht."

Ich schluckte. „Ich sollte gehen."

„Ja. Ich sollte ... ich ..." Er zeigte auf seine Tür. „Ich sollte schlafen gehen."

„Ich auch."

„Richtig. Gute Nacht, Seth."

Ich schluckte. „Gute Nacht. Wir sehen uns irgendwann."

Er nickte und wir drehten uns beide zu unseren jeweiligen Wohnungen um. Ich schloss meine Tür auf und schlüpfte aus dem Hausflur, bevor ich es mir anders überlegen konnte. Seine Tür öffnete und schloss sich auch ziemlich schnell.

Sobald ich allein war, lehnte ich mich an die Tür und rieb mir die leicht brennenden Augen. Hatte ich wirklich gerade eine Nacht mit Darren abgelehnt? Wenn ich so verdammt geil war, dass ich nicht mehr klar denken konnte?

Aber es war schon schwer genug, postkoitalen Blickkontakt herzustellen, wenn keine illegalen Substanzen im Spiel waren. Es ergab keinen Sinn, die Unbehaglichkeit noch zu verschlimmern, denn *das* war etwas, das ich nicht durch wildes Wichsen unter der Dusche wegbekommen würde.

Es war das Richtige gewesen, die Sache abzubrechen. Ich wusste das.

Aber ich hatte immer noch einen Ständer.

Um den ich mich dringend kümmern musste.

Und das würde ich auch.

Gleich nachdem ich etwas gegen diesen plötzlichen Heißhunger auf Doritos unternommen hatte.

KAPITEL 7

Überraschung, Überraschung: Es dauerte weniger als vierundzwanzig Stunden, bis wir uns wieder begegneten. Diesmal holte Darren gerade Einkäufe aus seinem Auto, während ich das Studio abschloss.

„Hey", sagte ich. „Lange nicht mehr gesehen."

Darren schmunzelte. „Ja, so was in der Art." Er hängte sich die Griffe einer weiteren Plastiktüte über sein Handgelenk und zog dabei eine Grimasse.

„Brauchst du Hilfe damit?", fragte ich.

Er zögerte, dann atmete er aus und stellte eine der Tüten ab. „Es macht dir nichts aus?"

„Überhaupt nicht. Gib mir einen Moment." Ich schloss die Ladentür ab, steckte meine Schlüssel ein und trat vom Bordstein. „Bereitest du dich auf den Weltuntergang vor?"

„Ich bin nur endlich dazu gekommen, die Vorräte in der Küche aufzufüllen." Er reichte mir zwei Tüten. „Du weißt ja, wie das ist, wenn man umzieht."

„Wem sagst du das." Ich grinste, als ich ihm eine weitere Tüte abnahm. „Und wenn du so bist wie ich, hast du nach der letzten Nacht wahrscheinlich kaum noch was zum Snacken im Haus."

Darren lachte leise und hob die letzte Tüte aus dem Kofferraum, bevor er den Deckel mit dem Ellbogen schloss. „Wenn wir das noch einmal machen, muss ich alle Snacks dauerhaft aus meiner Wohnung verbannen.

„Nun, wenn du es tust und wir es danach noch mal machen, habe ich immer einen Vorrat Doritos, nur für den Fall."

„Das werde ich mir merken."

Wir brachten die Einkäufe in seine Wohnung. Er hatte sich definitiv eingerichtet, seit ich das letzte Mal hier gewesen war. Es standen immer noch ein paar Schachteln herum, einige offen, andere noch verschlossen, und etwa ein Drittel der Regale war leer, aber er hatte ein paar Deko-gegenstände aufgestellt und einige Bilder aufgehängt. Hauptsächlich Familienfotos und ein gerahmter Print eines Plakats von einem Musikfestival.

Natürlich gab es ein Kreuz an einer Wand – schlicht, ganz aus Holz – und eine verwitterte, in Leder gebundene Bibel auf dem Couchtisch zwischen ein paar Kerzen und einem Xbox-Controller. Die religiösen Elemente über-raschten mich nicht, aber sie waren eine beständige Erinne-rung daran, warum Darren und ich nie mehr als Freunde sein konnten.

Wir packten das gute Dutzend Tüten aus, und nachdem alles verstaut war, legte er die Plastiktüten zusammen und gab sie in eine Schublade. Wahrscheinlich, um sie wiederzuverwenden; ich machte dasselbe.

Dann wandte er sich mir zu und trommelte mit den Fingern auf die Anrichte. „Gut. Ich glaube, das ist alles. Danke für deine Hilfe."

„Jederzeit."

„Aber wenn du schon mal hier bist ..." Das Trommeln wurde langsamer.

„Hm?"

„Es gibt da etwas, das ich dich fragen wollte."

Meine Kehle schnürte sich zu. „Okay ..."

Er kaute auf seiner Lippe und zappelte unbehaglich herum. Mir fielen alle möglichen Dinge ein, über die er vielleicht reden wollte – die Nacht, in der wir Gras geraucht hatten, die Nächte, in denen wir gevögelt hatten, was wir mit dem heutigen Abend anfangen sollten –, aber ich war nicht ganz bereit, als er schließlich herausplatzte: „Ich hätte gerne ein Tattoo."

„Ernsthaft?" Allein bei dem Gedanken, Darrens Haut zu tätowieren, krümmten sich die Finger an meiner Seite. „Was ist mit deiner Angst vor Nadeln?"

Darren trat von einem Bein aufs andere und konnte ein Schaudern nicht ganz verbergen. „Nun, die Vorstellung versetzt mich nicht in Verzücken, aber ein Freund hat vor ein paar Jahren ein Design für mich gezeichnet und ich habe seitdem versucht, den Mut aufzubringen, es zu tun." Er sah mir in die Augen. „Wenn du einverstanden bist, würde ich es gerne von dir anfertigen lassen."

„Kann ich das Design sehen?"

„Ja. Klar."

Zu meiner Überraschung führte er mich zurück ins Wohnzimmer und öffnete dann die lederbezogene Bibel auf dem Couchtisch. In ihrem Einband befand sich ein gefaltetes Stück Papier, das er herauszog und mir reichte.

Ich faltete es vorsichtig auf. Obwohl religiöse Motive nicht mein Ding waren, war dieses hier wunderschön. Das Kreuz war etwa achtzehn Zentimeter hoch und dreizehn breit. Die Arme waren zwei Zentimeter dick und das gesamte Kreuz war mit einem filigranen schwarzen Muster verziert, das mich an Schmiedeeisen erinnerte. Über dem linken Arm stand das Wort *Markus* und unter demselben Arm *12,31*. Auf der rechten Seite *Matthäus 5,44*. Mein Wissen über die Heilige Schrift war eingerostet und ich konnte mich nicht mehr genau an die Verse erinnern, aber irgendwo im Hinterkopf klingelte es bei mir. Eine sehr laute, eindringliche Glocke. Eine, die in meiner Magengrube widerhallte und meine Neugierde weckte – *warum kann ich mich nicht an diese Verse erinnern?*

„Das ist ein fantastisches Design", sagte ich.

„Danke. Ein ... Freund hat es für mich gezeichnet." Er hielt inne. „Mein Ex, um genau zu sein."

„Wirklich?" Ich sah ihn an, dann wieder auf das Design. „Willst du wirklich etwas, das dein Ex entworfen hat, permanent auf deiner Haut haben?"

Er lachte. „Wir sind immer noch Freunde. Es ist okay." Als ich nichts darauf sagte, fügte er hinzu: „Glaub mir, wir haben uns völlig freundschaftlich getrennt. Wir haben einfach nur gemerkt, dass wir als reine Freunde besser dran sind." Er nickte in Richtung des Designs. „Alle Gefühle, die ich mit diesem Bild verbinde, haben nichts mit ihm zu tun."

„Oh." Ich schaute Darren an. „Wo willst du es haben?"

„Auf dem Rücken." Er tippte auf eine Stelle knapp unterhalb seines Nackens. „Zwischen meinen Schultern."

Ich grinste. „Du willst es nicht auf deinem Unterarm haben oder so?"

„Nein, danke", sagte er und lachte. „Das hier ist für mich. Ich möchte es nicht vor der Gemeinde erklären müssen."

„Auch wenn es ein religiöses Motiv ist?"

„Wie ich schon sagte, das ist nur für mich."

„In Ordnung." Ich betrachtete das Design erneut. „Es

wäre vielleicht besser, es etwas größer zu machen als das hier. Vielleicht, ich weiß nicht, fünfzehn Prozent größer?"

Sein Adamsapfel hüpfte. „Warum?"

„Die filigranen Details werden dadurch klarer und deutlicher. Und der Text ist leichter zu lesen."

„Gutes Argument", sagte er leise. „Sicher. Ja. Das klingt gut. Also, wie viel?"

Ich schüttelte den Kopf, während ich das Papier faltete. „Hab's dir doch gesagt, als du eingezogen bist. Rabatt für neue Nachbarn."

„Aber das ist ein ziemlich großes Motiv. Es ist –"

„Schon gut." Ich nickte in Richtung Tür. „Bereit?"

Darren blinzelte. „Ich … Jetzt gleich?"

„Warum nicht?" Ich hielt das gefaltete Papier hoch. „Du hast gesagt, du hast schon eine Weile darüber nachgedacht. Das ist nicht gerade etwas Impulsives."

„Äh, nein." Er atmete aus. „Ich habe mich nur nicht ganz … ähm …"

„Du hast dich psychisch noch nicht darauf vorbereitet?"

„Ja. Genau das."

Ich schmunzelte. „Das ist der schnellste Weg, es dir wieder auszureden."

„In Ordnung. Dann lass es uns tun, bevor ich es mir wieder ausrede."

Wir verließen seine Wohnung und gingen hinunter zu meinem Studio. Als ich die Eingangstür aufschloss, sagte ich: „Ich sollte dich warnen. Tattoos machen süchtig."

Er beäugte meine Arme. „Ach ja?"

„Sehr."

„Auch wenn es wehtut?"

Ich schenkte ihm ein Grinsen. „Wer sagt, dass es trotz der Schmerzen ist?" Seine Augenbrauen zuckten und ich lachte. Dann öffnete ich die Tür und winkte ihn vor mir hinein. „Du wirst es in ein paar Minuten verstehen."

Er schluckte, ging aber in den dunklen Laden.

Ich schob den Riegel vor und schaltete das beleuchtete Offen-Schild nicht ein. Um diese Zeit waren sowieso nicht viele Leute unterwegs, also machte ich mir keine Sorgen wegen spontaner Interessenten. Ich machte das Licht im hinteren Teil des Ladens an, sodass der vordere Teil halb im Dunkeln blieb, während mein Arbeitsplatz mit viel hellem Licht ausgeleuchtet wurde.

„Also." Darren sah sich die freien Stühle an. „Wo willst du mich haben?"

Oben in meiner ...

„Entspann dich erst mal. Setz dich, wo immer es bequem für dich aussieht." Ich klappte den Laptop auf und schaltete den Scanner ein. „Ich muss noch eine Blaupause anfertigen."

„Oh. Okay." Er lehnte sich gegen den Tresen.

„Und du kannst die Haftungsfreistellungserklärung ausfüllen, während ich beschäftigt bin." Ich reichte ihm das Formular und einen Stift.

Nachdem er es mir mit seiner Unterschrift zurückgegeben hatte, fragte er: „Was glaubst du, wie lange das dauern wird?"

„Welcher Teil?" Ich scannte den Entwurf wie auf Autopilot. „Die Blaupause? Oder die Tätowierung?"

„Die Tätowierung."

„Das hängt davon ab, wie oft du ohnmächtig wirst."

Er antwortete nicht, also warf ich einen Blick über meine Schulter. Seine Augen waren groß und seine Stirn in Falten gelegt.

Ich lachte. „War nur ein Scherz. Entspann dich. Bei

dieser Größe und dem Detailreichtum rechne mit etwa eineinhalb Stunden."

Er schluckte. „So lange?"

„Es wird nicht so schlimm sein, wie du denkst." Ich deutete auf einen meiner tätowierten Unterarme. „Vertrau mir."

„Hast du das alles selbst gemacht?", fragte er. „Deine Tattoos, meine ich?"

„Einige davon." Ich wandte mich wieder dem Computer zu und machte damit weiter, die Größe seines Designs zu ändern und es anzupassen, während ich sprach. „Die Rückseiten meiner Arme sind schwer zu erreichen und ich bin nicht sehr gut darin, mit meiner linken Hand zu tätowieren, also habe ich andere Künstler daran arbeiten lassen. Wenn ich mich jemals entscheiden kann, was ich für meinen Rücken haben möchte, werde ich das auch von jemand anderem machen lassen."

„Jemand, der die schwer zugänglichen Stellen erwischt?"

„Im Prinzip ja."

„Aber du hast ... du hast tatsächlich etwas davon gemacht. Du selbst."

Ich nickte. „Ja."

„Das muss eine Menge Konzentration erfordert haben."

„Ist nicht so schlimm." Ich klickte auf Drucken und stand auf, um die Blaupause zu holen, als sie aus dem Drucker kam. „Ehrlich, nach einer Weile blendet man den Schmerz aus. Die Endorphine setzen ein und es ist nicht mehr so intensiv, es sei denn, es ist eine wirklich empfindsame Stelle."

Ich hätte schwören können, dass Darren ein wenig an Farbe verlor.

„Was ist eine empfindsame Stelle?" Dann strömte die

Farbe in sein Gesicht zurück. „Äh, ich meine, wenn es ums Tätowieren geht. Du weißt schon, was ich meine."

Ich lachte leise. „Alles, was direkt über einem Knochen ist, kann ein bisschen empfindlich sein."

„Was ist mit ..." Er griff nach hinten und seine Augen verloren an Fokus, als er unter seinem Nacken herumtastete.

„Ich werde dich nicht anlügen", sagte ich. „Es könnte ein bisschen wehtun, wenn ich direkt über deiner Wirbel-säule bin."

Er erschauderte.

„Aber diese Stelle ist wirklich nicht so schlimm. Nicht im Vergleich zu, sagen wir", ich zeigte auf die Unterseite meines Oberarms, die komplett tätowiert war, „dieser Stelle."

„Das ist eine empfindliche Stelle?"

Ich nickte. „Sehr. Lane findet das nicht so, er sagt, es kitzelt ihn kaum, aber ich musste fast auf einen Stock beißen, während mein Freund an diesem Teil der Tätowie-rung gearbeitet hat."

„Das ist ermutigend."

„Du wirst dort nicht tätowiert, du Genie. Du schaffst das schon."

„Das sagst du."

„Und du musst mir vertrauen, sonst würdest du das nicht tun. Richtig?"

Er hielt meinen Blick einen Moment lang fest. „Gutes Argument."

Ich begutachtete das frisch ausgedruckte Motiv auf dem Transferpapier. Dann hielt ich es ihm hin. „Wie ist das? Es ist etwas größer als das, was du hattest, und ich werde die Details währenddessen besser gestalten, aber ..."

Er nahm es mit beiden Händen. Dann nickte er und gab es mir zurück. „Perfekt."

„Also gut. Setz dich." Ich legte das Stencil an meinem Arbeitsplatz ab. „Weg mit dem Shirt."

Darren betrachtete den Stuhl einen Moment lang, bevor er seine Jacke und sein T-Shirt auszog. Ich schob den Massagestuhl näher an mein Equipment und bedeutete ihm, sich mit den Armen über die Rückenlehne zu setzen.

„Ist das bequem?", fragte ich. „Du wirst eine Weile so sitzen, also melde dich, wenn es nicht bequem ist."

„So weit, so gut." Er sah zu, wie ich Handschuhe, Verbandszeug und eine kleine Tube Vaseline zusammensuchte. „Bist du sicher, dass du nicht gerade einen medizinischen Eingriff vorbereitest?"

„Wenn man das Gesundheitsamt so hört", sagte ich, während ich mir die Handschuhe anzog, „dann ist es genau das, was ich tue. Das dauert zwar ein paar Minuten, aber ... es muss hygienisch bleiben."

„Ergibt Sinn." Er zog eine Augenbraue hoch. „Ich hätte mein Shirt also noch nicht ausziehen müssen?"

Ich schaute ihn an und grinste. „Der Künstler darf seine Leinwand erst sehen, wenn er bereit ist zu malen?"

Darren lachte. „Das habe ich nicht gesagt."

„Eigentlich gibt es einen praktischen Grund, warum du dich schon jetzt ausziehen solltest." Ich schmierte etwas Vaseline auf die Unterseite der Tintenbehälter, damit sie nicht so leicht umkippten, nachdem ich sie auf das Papiertuch gestellt hatte. „So kannst du dich an die Umgebungstemperatur gewöhnen." Ich winkte mit einer behandschuhten Hand zu dem Lüftungsschacht über uns. „Wenn ich dann anfange, wirst du keine Gänsehaut mehr haben und nicht mehr überempfindlich sein, weil deine Haut gerade erst der Luft ausgesetzt wurde."

„Interessant."

Er sah mir zu, wie ich meinen Arbeitsplatz vorbereitete, und als ich die Tätowierpistole mit frischem Plastik überzog, erbleichte er.

Nur um ihn von dem Foltergerät abzulenken, sagte ich: „Eine Sache macht mich neugierig."

Er stützte das Kinn auf die verschränkten Arme und sein Blick wanderte immer wieder zur Pistole. „Ja?"

„Es ist zwar schon eine Weile her, dass ich eine Bibel aufgeschlagen habe, aber steht da nicht etwas darüber, dass man sich nicht tätowieren lassen soll?"

„Ja, im gleichen Abschnitt wie alles über den Verzehr von Schalentieren, das Tragen von Mischgewebe und das Rasieren."

„Und über das Schlafen mit anderen Männern, richtig?" Es kam heraus, bevor ich es mir verkneifen konnte, und ich zuckte wegen der drohenden peinlichen Stimmung zusammen.

Darren lachte jedoch. „Ja, das steht da auch drin. Und wird völlig falsch interpretiert."

„Ach ja?"

„Zeig mir einen Vers gegen Homosexualität in der Bibel, der nicht mit ritueller Prostitution oder ritueller Reinheit zu tun hat, und wir können darüber reden." Er hob eine Augenbraue. „Und soweit ich weiß, hat Jesus nie ein Wort darüber verloren."

Ich blinzelte. „Du glaubst auch nicht an die Geschichte von Sodom und Gomorrah, oder? Dass es darin um Menschen wie uns geht?"

Darren rümpfte die Nase und schüttelte den Kopf. „Natürlich nicht. Die Menschen haben sich geweigert, Engeln gegenüber gastfreundlich zu sein, was ein großes Vergehen war. Ich glaube nicht, dass man eine Gruppe, die bestraft wird, weil sie versucht hat, ein paar Männer zu vergewaltigen, als Beispiel dafür nehmen kann, dass Gott Homosexualität missbilligt."

Ich legte die Pistole beiseite und nahm einen Einwegrasierer aus einer Packung. „Stört es dich nicht, dass der Mann, der als der rechtschaffenste galt und nicht mit den anderen getötet wurde, zum Teil deshalb gerettet wurde, weil er dem Mob seine eigenen Töchter anbot?"

Darren verzog das Gesicht. „Ich habe ... mit ein paar dieser Passagen gerungen. Damals waren Frauen Bürger zweiter Klasse. Eigentum. Und ... ein Großteil der Heiligen Schrift spiegelt das wider. Ich würde das heute genauso wenig gutheißen, wie ich es gutheißen würde, eine Frau zu zwingen, ihren Vergewaltiger zu heiraten."

„Und doch steht es in der Bibel."

„Ich weiß." Während er redete, betrachtete er den Rasierer in meiner Hand, die Stirn leicht gerunzelt. „Deshalb bin ich der festen Überzeugung, dass sich Christen vor allem auf die Lehren Christi konzentrieren sollten und nicht auf alles andere, was das Konzil von Nizäa aus welchen Gründen auch immer in das Buch aufgenommen hat."

Ich hob meine Augenbrauen. „Das ist ... etwas, das ich nicht von allzu vielen Geistlichen gehört habe."

Er zuckte mit den Schultern. „Stell hundert von uns eine Frage über die Bibel und du wirst hundert verschiedene Interpretationen erhalten."

„Woher weißt du dann, dass deine Interpretation richtig ist?"

„Tue ich nicht."

„Aber warum ...?"

„Du warst einmal ein gläubiger Mensch, Seth", sagte er sanft und ohne einen Hauch von Herablassung. „Auch wenn du es jetzt nicht mehr bist, kennst du die Antwort darauf."

„Glaube."

Er nickte. Wir sahen uns einen Moment lang in die Augen.

Dann erinnerte ich mich an das Papier, das neben meinen Tintenbehältern lag, und räusperte mich. „Okay, na gut. Es kann losgehen." Ich hielt den Rasierer hoch. „Bist du dir sicher?"

Darren starrte den Rasierer einen Moment lang an und hielt den Atem an. Dann atmete er aus und nickte. „Fangen wir an."

Ich rasierte die ohnehin fast haarlose Stelle, an der ich tätowieren würde. Dabei streiften meine Fingerknöchel sein Schulterblatt und selbst durch das dicke Latex hindurch erreichte seine Körperwärme meine Haut. Eine Sekunde später bildete sich eine Gänsehaut auf seinem ganzen Rücken.

Mit klappernden Zähnen sagte er: „Ich dachte, du wolltest, dass ich mein T-Shirt ausziehe, damit ich keine Gänsehaut bekomme."

„Es ist nicht ..." Ich schluckte. „Es ist nicht narrensicher."

„Offenbar nicht."

„Ist dir kalt?"

„Nein. Nein, mir ist ... mir ist nicht kalt."

„Gut." *Mir auch nicht.* Ich räusperte mich. „Das könnte sich ... ähm, ein bisschen kühl anfühlen."

Er beobachtete mich, als ich einen Deostift vom Arbeitstisch nahm. „Wofür ist das?"

„Das hilft bei der Übertragung des Stencils." Ich strich mit dem Stift über seine Haut. Dann drückte ich die Blaupause auf seine Haut, glättete sie mit den Fingern und zog das Papier ab, sodass das Motiv zurückblieb. Als ich sicher war, dass alles gerade und zentriert war, bat ich ihn, es im Ganzkörperspiegel zu überprüfen.

Ich beobachtete ihn, als er einen anderen, kleineren Spiegel benutzte, damit er sich nicht verrenken musste, um die Tätowierung zu sehen. Ich hätte wissen sollen, dass er mit einem Tattoo noch sexier sein würde. Das waren die meisten Männer. Es spielte nicht einmal eine Rolle, dass es zu diesem Zeitpunkt noch eine Vorlage war. Wenn ich fertig war, würde dort eine Tätowierung sein. Das Design von jemand anderem, aber meine Tinte. Ein dauerhaftes Zeichen auf Darrens Körper. Und selbst die religiöse Bedeutung lenkte nicht davon ab, wie heiß es an ihm aussah, als wäre es ein scharfer schwarzer Brennpunkt, der den Blick auf seine kräftigen Schultern und die Art und Weise lenken sollte, wie sich sein Oberkörper zu diesen schmalen Hüften hin verjüngte.

Er stellte den kleineren Spiegel ab und sah mich wieder an, und ich zuckte zusammen und meine Wangen brannten, weil er bemerkt haben musste, dass ich ihn wie ein verdammter Narr anstarrte.

„Ich mag es", sagte er. „Jetzt kommt der spaßige Teil, oder?"

Ich grinste. „Für mich, ja."

Seine Augen weiteten sich.

„Entspann dich." Ich klopfte auf den Stuhl. „Ich werde die Nadel zuerst ohne Tinte testen. Wenn es zu viel ist, höre ich auf."

Darren warf einen misstrauischen Blick auf den Massagesessel, aber nach kurzem Zögern nahm er Platz.

Ich zog meine Handschuhe aus und musterte ihn von oben bis unten, während ich mir ein neues Paar überzog. Jeder Muskel von seinem Nacken abwärts war sichtlich angespannt und drückte in starren Ebenen und Winkeln gegen seine Haut.

„Alles okay?", fragte ich.

„Du hast noch gar nicht angefangen."

„Soll ich anfangen?"

Er regte sich leicht und seine Muskeln bewegten sich, aber entspannten sich nicht. „Ich werde es dir gleich sagen."

„Ich schalte die Nadel ein", sagte ich. „Nur damit du es weißt und nicht ausflippst."

Er lachte trocken. „Danke für die Warnung."

Ich schaltete das Gerät ein. Dann drückte ich, während ich ihn beobachtete, langsam das Pedal herunter. Als die Nadel in meiner Hand zu summen begann, erschauderte er.

Ich legte meine andere Hand auf seinen Rücken, direkt unter seinen Nacken. Er nahm einen stockenden Atemzug. Ich tat so, als wäre ich nicht in Versuchung, dasselbe zu tun.

Konzentrier dich, Seth. Benimm dich wie ein verdammter Profi.

„Auf der Nadel ist keine Tinte", sagte ich leise. „Es wird piksen und es wird sich ein bisschen komisch anfühlen. Bist du bereit?"

Er nickte langsam.

„Okay. Los geht's." Ich hob die Nadel und hielt sie nahe an seine Haut, berührte ihn aber noch nicht. Ich beobachtete, wie sich seine Nacken- und Schultermuskeln anspannten, wartete, bis ich sicher war, dass sie mehr oder weniger ruhig waren, und berührte dann mit der Spitze seine Haut.

Er schnappte nach Luft, bewegte sich aber nicht viel.

„Alles okay?"

Er atmete langsam aus. „Ja. Ich denke ... ich denke, ich kann damit umgehen."

„Für den Anfang mache ich nur den Umriss und den

Text. Die filigranen Details können wir später machen, wenn du willst."

„Es ist besser, gleich alles auf einmal zu machen." Seine Stimme war angespannt, als würde er mit zusammengebissenen Zähne reden. „Ich werde wahrscheinlich nicht den Mut aufbringen, noch mal herzukommen."

Ich lachte leise und tauchte die Nadel in den Behälter mit schwarzer Tinte. „Das habe ich letztes Jahr auch von einem Kunden gehört."

„Ach ja?"

„Ja." Ich hielt die Nadel wieder hoch. „Hab erst letzten Monat sein viertes Tattoo fertiggestellt."

„Ernsthaft?"

„Ja. Alles klar, wir fangen jetzt wirklich an."

„Bin bereit."

Ich beugte mich etwas weiter vor, hielt seine Haut mit meiner linken Hand gespannt und drückte die Nadel in die oberste Ecke des Kreuzes. Er keuchte erneut auf, verkrampfte sich und ich dachte, er wäre einem Fluch so nahe gekommen, wie es ihm möglich war, aber er sagte nicht, ich solle aufhören.

Also machte ich weiter.

Ich hatte bereits etliche religiöse Designs tätowiert. Alles von winzigen Pentagrammen über grafische Darstellungen der Kreuzigung bis hin zu Zitaten aus der Bhagavad Gita. Erst vor drei Wochen hatte ich das fliegenden Spaghettimonster auf einen Rücken gestochen. Tätowierer hielten sich nicht lange, wenn sie Designs mit religiöser Bedeutung ablehnten.

Aber das hier war anders. Surreal. Als würde ich buchstäblich mit Blut die Gründe niederschreiben, warum ich ihn nicht anfassen durfte außer auf diese Weise, in Latex gehüllt und im Namen der Kunst und Spiritualität. Die

Bibelstelle, auf die sich das Tattoo bezog – und verdammt, ich konnte mich noch immer nicht an die Verse erinnern –, hätte genauso gut *Seth Wheeler, du sollst nicht* sein können.

Ich machte weiter an der linken Seite des Kreuzes und näherte mich der ersten Ecke. Mein Blick wanderte zu den Namen und Zahlen auf beiden Seiten des Arms, und ich sagte mir, dass ich nur sichergehen wollte, dass ich es nicht mit meiner anderen Hand verschmierte. Nicht, weil ich mir das Hirn zermarterte, um mich zu erinnern, was sie wirklich bedeuteten. Aus irgendeinem Grund konnte ich mich nicht dazu durchringen zu fragen.

Darren zuckte zusammen und ächzte leise.

„Geht's dir gut?"

Er nickte.

Ich legte meine linke Hand auf seine Schulter und drückte sie sanft. „Noch am Atmen?"

Er ließ einen langen Atemzug entweichen und nahm dann einen weiteren. „Ja. Bin noch am Atmen."

„Mach das weiter", sagte ich. „Das hilft, nicht in Ohnmacht zu fallen."

Er lachte. „Was du nicht sagst."

„Kommst du mit den Schmerzen klar?"

„Es ist etwas gewöhnungsbedürftig, aber ich glaube, ich komme damit zurecht."

„Bis jetzt schlägst du dich gut. Wenn du das nicht verkraften würdest, hätten wir schon längst aufgehört." Ich tauchte die Nadel wieder ein. „Nur so aus Neugier, was hat dich dazu gebracht, Pastor zu werden?"

„Was hat dich dazu gebracht, Tätowierer zu werden?"

Hinter ihm runzelte ich die Stirn. „Ich ... Es schien einfach das zu sein, worin ich gut bin."

Er schaute über seine Schulter, so gut er konnte, ohne

mehr zu bewegen als den Kopf. „Als ob du deine Berufung gefunden hättest?"

„Ja, ich ... ich denke schon." Ich machte mit dem linken Arm des Kreuzes weiter.

„Bei mir dasselbe", sagte er. „Als ich jünger war, war ich als Missionar tätig, und als ich zurückkam, habe ich ..." Er schnappte nach Luft.

„Alles okay?"

„Ja. Wow." Langsam entspannte er sich wieder. „Du musst einen Nerv getroffen haben oder so."

„Ja, davon gibt es hier hinten einige."

Er lachte. „Sehr witzig."

„Und als du zurückkamst ...?"

„Richtig", sagte er, während ich weiter an der Tätowierung arbeitete. „Ich schätze, ich wusste einfach, wozu ich auf dieser Welt bin."

Nachdem ich überschüssige Tinte mit einem Papiertuch abgetupft hatte, arbeitete ich mich weiter an der Unterseite des linken Arms des Kreuzes entlang und näherte mich dem vertikalen Teil. Ich beugte mich nahe heran und passte besonders auf, um sicherzugehen, dass ich die Ecke sauber und scharf abschloss. Als ich damit zufrieden war und mit der vertikalen Linie begonnen hatte, fragte ich: „Stellst du jemals in Frage, was du da tust? Oder besser gesagt, woran du glaubst?"

Darren schwieg. Ich dachte, ich hätte vielleicht einen Nerv getroffen, und diesmal nicht mit der Tätowiernadel. Ich arbeitete weiter und er zuckte nicht einmal zusammen, als die Nadel seine Haut berührte.

„Ja." Es war so lange her, dass ich diese Frage gestellt hatte, dass die Antwort wie aus heiterem Himmel kam. Darren drehte den Kopf ein wenig, sodass ich sein Gesicht im Profil sehen konnte. „Ich hinterfrage tatsächlich, was ich tue und woran ich glaube."

Ich tauchte die Nadel wieder ein. „Aber du bist weiterhin gläubig."

„Ja."

Wieder herrschte Stille. Ich schaffte es bis zur unteren Ecke des vertikalen Arms des Kreuzes, bevor einer von uns das Schweigen brach.

Als er wieder sprach, erschreckte mich seine Stimme nicht so sehr wie die Worte.

„Du redest nicht oft über deine Familie."

Ich wand mich innerlich. „Nein. Nein, das stimmt."

„Heikles Thema?"

„Nur ein bisschen."

„Darf ich dich danach fragen?" Seine Stimme war sanfter. „Wenn du nicht darüber reden willst, ist das in Ordnung. Ich bin nur neugierig."

Das schien mir nur fair, fand ich. Vor allem, wenn ich von ihm erwartete, dass er verstand, warum mich Dinge wie dieses Kreuz, das ich nachzeichnete, auf Distanz hielten. Nun, abgesehen von den Zeiten, in denen die Lust uns übermannte. Und wenn es ihn von den Schmerzen ablenkte, dann ...

Ich konzentrierte mich auf den äußeren Rand des Kreuzes und hielt die Linie gerade und sauber. „Ich habe seit Jahren nicht mehr mit meiner Familie gesprochen. Nicht seit ich das College verlassen habe."

„Was ist passiert?"

Ich befeuchtete meine Lippen. „Meine Familie hat nie akzeptiert, dass Menschen homosexuell sind. Das wusste ich schon als Kind, aber ich wusste auch schon als Teenager, dass ich schwul bin." Ich machte eine Pause, um noch etwas überschüssige Tinte wegzutupfen. „Ich bin mit

Mädchen ausgegangen, um den Schein zu wahren, aber ich wusste es."

„Wusste sonst noch jemand davon?"

„Michael. Mein bester Freund. Seine Familie ging in dieselbe Kirche wie meine, also wusste er, wie viel Angst ich davor hatte, dass das Geheimnis herauskam. Er lebt jetzt auch in Tucker Springs." Ich tauchte die Nadel wieder in den Tintenbehälter. „Er leitet die Akupunkturpraxis auf der anderen Straßenseite."

„Muss schön sein, einen alten Freund in der Nähe zu haben."

„Wenn man nicht in seine Heimatstadt zurückkehren kann? Das kannst du mir glauben." Ich hob die Pistole an, neigte den Kopf und rollte die Schultern, um die Steifheit zu lösen, und tat dabei so, als käme diese Steifheit nur von der Arbeit, nicht vom Thema. „Jedenfalls wusste er es, aber sonst niemand. Und er war auch der Einzige, der wusste, dass ich in meinem letzten Schuljahr bereits ein verkappter Atheist war. Ich ... ich war einfach nicht mehr gläubig. Ich konnte es nicht. Egal, wie sehr ich es wollte."

Ich fürchtete mich vor der Flut von Sprüchen wie *Du musst mehr beten* und *Du musst einfach glauben*, die immer von Gläubigen kamen. Aber es kam nichts.

„Was ist passiert?", fragte er leise.

Ich begann erneut mit der Tätowierung, umrundete die linke untere Ecke und arbeitete an der untersten horizontalen Linie weiter. „Nachdem ich aufs College ging – nachdem ich nach Tucker Springs kam –, haben meine Eltern ... Gott. Jedes Mal, wenn ich mit ihnen redete, fragten sie, ob ich schon ein nettes Mädchen kennengelernt habe. Sie machten Andeutungen, dass sie wollten, dass ich einen Hausstand gründe, sesshaft werde und so bald wie möglich heirate."

„Argh, so was nervt."

„Total. Jedenfalls hatte ich gerade mein drittes Jahr am College begonnen und entschieden, dass ich nicht länger lügen konnte. Also habe ich meine Mom angerufen." Das vertraute Kribbeln mein Rückgrat hinunter ließ eine ebenso vertraute Übelkeit aufsteigen. „Und es ihr gesagt."

„Und wie ist das gelaufen?"

„Schlecht." Das Wort kam als hohles Flüstern heraus, weil ich einfach nicht mehr Energie darauf verwenden konnte. Die ganze Sache war vor Jahren passiert, und jedes Mal, wenn ich darüber redete, fühlte es sich weiterhin frisch und roh an.

„Hast du mit einem von ihnen gesprochen? Seitdem, meine ich?"

„Mein älterer Bruder und ich haben vor ein paar Jahren versucht, wieder in Kontakt zu treten." Ich schluckte. „Wir haben ein paar E-Mails ausgetauscht und einmal telefoniert. Aber ..." Ich tupfte etwas mehr Tinte auf seine Haut. „Wir konnten einfach keine Verbindung mehr aufbauen."

„Das ist eine Schande", sagte er leise.

„Ja. Aber was soll ich machen?"

Er drehte den Kopf ein wenig, wahrscheinlich gerade genug, um mich in sein Blickfeld zu bringen. „Du musst sie vermissen."

„Nach dem, was sie mir angetan haben? Nein. Das kann ich nicht behaupten."

Er war still, hielt aber den Kopf halb zu mir gedreht, und ich konzentrierte mich so gut ich konnte auf die Fortsetzung seiner Tätowierung und hoffte, dass er das Thema fallen lassen würde. Ich hatte für den Rest meines Lebens genug *Das ist deine Familie* und *Du musst versuchen, die Dinge mit ihr zu klären, oder du wirst es eines Tages bereuen* gehört.

Ich zuckte zusammen, als er zu reden begann, aber alles, was er sagte, war: „Also, ähm, wie sieht's aus?"

Meine Schultern sanken, als ich einen Atemzug entweichen ließ. „Es ist, ähm, gut. Es sieht gut aus. Es wird besser sein, wenn es verheilt ist, aber ..."

Schweigen. Wieder einmal.

Darren schaute nach vorne und räusperte sich. „Also, was ist das Verrückteste, was du jemals jemandem tätowiert hast?"

„Das Verrückteste?" Ich lachte in der Hoffnung, dass meine Erleichterung nicht offensichtlich war, und drückte die Nadel erneut auf seine Haut. „Oh, es gab schon ein paar seltsame Dinge."

„Wie zum Beispiel?"

„Nun, ein Mann bat mich, den Namen seiner neuen Freundin über den seiner Ex-Frau zu tätowieren. Ein aufwendiges Design direkt über dem alten."

„Das ist das Verrückteste?"

„Nein." Ich fügte vorsichtig ein kleines Detail in eine der Ecken des Kreuzes ein. „Das Verrückteste war, als er zwei Jahre später zurückkam und wollte, dass ich *das* mit dem Namen einer anderen Frau übersteche."

„Wow." Darren kicherte. „Ich kann mich nicht entscheiden, ob er unentschlossen ist oder sich zu schnell festlegt."

„Ein wenig von A, ein wenig von B ..." Nachdem ich mich vergewissert hatte, dass die Ecke so scharf war, wie sie sein sollte, begann ich mit der horizontalen Linie des rechten Arms. „Und dann war da noch die junge Frau, die ein Arschgeweih wollte, auf dem stand: *Lasst, die ihr eintretet, alle Hoffnung fahren.*"

„Das ist dein Ernst." Er drehte wieder den Kopf und sah mich an. „Jemand hat sich das tätowieren lassen. Dauerhaft."

„Ich schwöre bei meinem Leben, dass es die Wahrheit ist."

„Wow." Darren lachte. „Es gibt ein paar seltsame Leute auf dieser Welt."

„Da stimme ich dir völlig zu."

Wir unterhielten uns über leichte, angenehme Themen. Solange wir plauderten, schienen ihn die Schmerzen nicht sonderlich zu stören – auch wenn ich hin und wieder eine empfindliche Stelle traf – und solange wir nicht auf das Thema Religion zurückkamen, musste ich nicht allzu viel über das Design und den Text nachdenken, den ich in seine Haut stach.

Etwa eineinhalb Stunden später war ich fertig. Ich wischte das Tattoo ab und ließ ihn einen Blick darauf werfen. Während ich es umwickelte, glättete ich vorsichtig die Folie und vergewisserte mich, dass es keine Falten gab, die unangenehm sein könnten, was keinesfalls eine Ausrede dafür war, mit meinen Fingern, in Handschuhen oder nicht, über seine Haut zu streichen.

„Okay, wir sind fertig." Ich stand auf und streifte meine Handschuhe ab. „Wie fühlt es sich an?"

„Brennt ein bisschen." Er erhob sich. Während er sein T-Shirt anzog, sagte er: „Du hattest recht, so schlimm war es nicht. Nur wirklich", er sah mir in die Augen, „intensiv."

„Ja. Das ist es manchmal." Ich brach den Blickkontakt ab und suchte nach einer der vorgedruckten Karten mit Anweisungen. „Nimm die Folie in ein paar Stunden ab. Lass die Haut nicht austrocknen." Ich reichte ihm die Karte. „Befolg einfach die Anweisungen hier und es wird in etwa einer Woche verheilt sein."

„Wird gemacht." Er überflog die Karte und steckte sie dann in seine Gesäßtasche. „Brauchst du Hilfe bei irgendwas hier?"

„Nein, nein, ich mach das schon." Ich nickte in Richtung meines Arbeitsplatzes. „Muss nur noch aufräumen. Wird nur zehn Minuten dauern." Ich lächelte. „Ich komme allein klar."

„Okay. Na dann." Er streckte seine Hand aus. „Nochmals danke."

„Jederzeit." Ich schüttelte seine Hand und ein Schauer lief durch mich, als sich unsere Hände ohne das Latex dazwischen trafen. „Wenn du noch eins willst, weißt du ja, wo du mich findest."

Er lachte. „Wir werden sehen."

Wir schauten beide nach unten und ich bemerkte, dass wir die Hand des anderen noch nicht losgelassen hatten. Schnell lösten wir den Griff und zogen unsere Hände zurück.

„Wie auch immer." Er räusperte sich und ein wenig Farbe stieg in seine Wangen. „Ich sollte mich für die Nacht fertig machen. Bist du sicher, dass du hier keine Hilfe brauchst?"

„Nein, nein, nicht nötig." Ich nickte in Richtung Tür. „Geh nur."

„Okay. Schönen Abend noch."

„Dir auch."

Er blieb in der Tür stehen. „Hey, du hast vor einer Weile erwähnt, dass du mir ein paar der Wanderwege zeigen würdest. Oben in den Bergen. Steht dieses Angebot noch?"

„Ähm, nun ..." Es war natürlich verlockend, aber jedes Mal, wenn wir die gleiche Luft atmeten, war ich mir immer weniger sicher, wo ich bei ihm stand oder ob es Signale gab, die ich hätte deuten sollen, oder Signale, die ich ungewollt aussandte.

Darren lächelte. „Nur Freunde, Seth. Ich bitte dich nicht um ein Date."

„Nein, natürlich nicht." Ich lachte leise, um die Mischung aus Erleichterung und Enttäuschung zu verbergen. „Ich habe nur überlegt, welche Wanderwege es zu dieser Jahreszeit wert sind, erkundet zu werden. Was hast du an diesem Wochenende vor?"

„Hab wie immer viel zu tun."

„Ja, ich auch." Ich drehte meinen Schlüsselbund am Finger, damit meine Hand etwas zu tun hatte. „Montag?"

„Montag haut hin", sagte er mit einem Nicken.

„Cool. Wir treffen uns ... na ja, ich schätze, du kommst einfach Montagmorgen in meine Wohnung."

„Kannst du mir deine Adresse geben?", fragte er knochentrocken. „Ich bin mir nicht sicher, ob ich noch weiß, wie ich dorthin komme."

„Klugscheißer", murmelte ich. „Wie klingt acht?"

„Ich werde da sein." Er machte noch einen Schritt und stand vor dem Laden. „Schönen Abend noch, Seth", wiederholte er.

„Dir auch."

Ich verriegelte die Tür hinter ihm. Die nächsten zehn Minuten oder so konzentrierte ich mich darauf, meinen Arbeitsplatz sauberzumachen. Sobald alles weggeräumt war, schaltete ich das Licht aus, schloss den Laden ab und ging nach oben. Als ich vor meiner Wohnungstür stehen blieb, kribbelte das Wissen, dass Darren ganz in der Nähe war – nur ein paar Meter entfernt auf der anderen Seite der Tür – vom Ende meiner Wirbelsäule bis hinauf zu meinem Kopf.

Ich stellte mir vor, wie ich durch den Flur ging, an seine Tür klopfte und ihn fragte, ob er Hilfe bräuchte, um seine

Tätowierung einzucremen. Und solange ich in seiner Wohnung war ...

Nein, ich war eigentlich nicht in der Stimmung dafür. Wann zum Teufel war ausgerechnet *ich* nicht in Stimmung für Sex? Offenbar heute Abend. Und trotzdem war ich versucht, zu ihm zu gehen. Nicht um vorzuschlagen, dass wir ins Bett stiegen. Ich wollte einfach nur mit ihm in einem Raum sein.

Und gleichzeitig wollte ich auch auf der anderen Seite des Planeten sein. Ich wollte, dass es schon Montag war, damit wir wandern gehen konnten, und ich hoffte, dass in der Nacht zum Sonntag ein Meteor in Tucker Springs einschlug, damit ich nicht einen ganzen Tag allein mit ihm verbringen musste.

Scheiße, ich wusste nicht, was ich wollte und warum.

Kopfschüttelnd betrat ich meine Wohnung. Ich versperrte die Tür und schloss die Augen. Der heutige Abend war merkwürdiger als alle anderen Abende gewesen, die wir zusammen verbracht hatten, und ich konnte nicht genau sagen, woran das lag. Was es war, das mich mehr verunsichert hatte als jedes andere Treffen mit ihm.

Jedes Mal, wenn ich in seiner Nähe war, verstand ich meine Welt ein bisschen weniger. Ich war mir nicht sicher, was ich von einem schwulen Pastor halten sollte, der Gras rauchte, gelegentlich einen One-Night-Stand hatte und jetzt ein Tattoo. Er stand im Widerspruch zu allem, was mein Leben vor ein paar Jahren kaputt gemacht hatte, und er widersprach jedem Grund, warum ich Christen aus Selbstschutz auf Abstand gehalten hatte. Jedem Grund, warum ich *ihn* auf Abstand hielt.

Und ich musste immer wieder an diese Tätowierung zurückdenken. An die schlichten Worte und Zahlen über einem nicht ganz so schlichten, filigranen Kreuz: *Matthäus 5,44. Markus 12,31.*

Ich kannte diese Verse, verdammt noch mal. Ich kannte sie. Aber egal, wie oft ich alle Bibelstellen durchging, die ich noch auswendig kannte – und wahrscheinlich bis zu meinem Todestag kennen würde –, ich konnte mich nicht an diese beiden erinnern.

Schließlich ging ich zu einem meiner Bücherregale im Wohnzimmer und zog die verstaubte schwarze Bibel zwischen den Apokryphen und dem Koran hervor.

Ich blätterte bis zum Buch Matthäus und fand schnell das Kapitel und den Vers von Darrens Tattoo: 5,44. *„Ich aber sage euch: Liebt eure Feinde und bittet für die, die euch verfolgen."*

Dann schlug ich das Markusevangelium auf und fand 12,31. *„Das andre ist dies: ‚Du sollst deinen Nächsten lieben wie dich selbst.' Es gibt kein anderes Gebot größer als diese."*

Mein Herz sank mir in die Hose. Ich klappte das Buch zu, legte es auf den Couchtisch und schob es so weit von mir weg, wie ich konnte. Bis meine Fingerspitzen es kaum noch berühren konnten geschweige denn genug Druck ausübten, um mehr Abstand zu gewinnen. Dann setzte ich mich wieder aufs Sofa und starrte es einfach nur an.

Stanley hüpfte neben mir auf die Couch. Ich streichelte ihn, während er das Kissen knetete und schnurrte, aber ich starrte weiterhin auf dieses verdammte Buch.

Kein Wunder, dass ich mich an diese Kapitel und Verse erinnerte. Sie hatten in meinem Kopf klick gemacht, aber eine unterbewusste Barriere hatte mich davon abgehalten, sie mit den eigentlichen Worten zu verbinden, weil ich sie kannte, gut kannte, und es war keine Erinnerung, der ich mich stellen konnte, während ich Darren tätowierte. Oder wenn ich mit ihm im selben Raum war.

„Es heißt ‚Liebe deinen Nächsten‘, Mom. Es heißt nicht ‚deinen heterosexuellen und genehmigten Nächsten‘."

„Wage es nicht, die Heilige Schrift gegen mich zu verwenden, Seth."

„Warum zum Teufel nicht? Und steht da nicht etwas von ‚Richtet nicht, damit ihr nicht gerichtet werdet‘?"

„Es heißt auch, dass man seinen Feind lieben soll. Und das tue ich. Aber ich werde meinen Feind nicht in meinem Haus willkommen heißen."

„Ich bin nicht dein Feind. Ich bin dein Sohn."

„Nicht mehr."

Und dann hatte es diesen Klick gemacht und bis heute klingelte mir das Schweigen am anderen Ende der Telefonleitung in den Ohren.

Ich rieb mir mit den Handballen die Augen. Von allen Bibelstellen, die er hätte wählen können, hatte er sich diese beiden ausgesucht. Natürlich waren während dieses langen, höllischen Telefonats Dutzende von Versen in den Raum geworfen worden, von denen jeder einzelne wehgetan hatte. Aber gerade dieser letzte Vers traf mich bis ins Mark.

Ein flaues Gefühl überkam mich, das mir den kalten Schweiß auf die Stirn trieb. Das Gift und der Abscheu meiner Eltern und meines Pastors – alles im Namen der Liebe und der Erlösung, wie sie sagten – brannten immer noch unter meiner Haut wie in dem Moment, als ich die Worte geflüstert hatte, die mein Leben auf den Kopf stellten:

„Mom, ich bin schwul."

Und irgendwo mitten in der Hitze des Gefechts um

meine Seele und meine Sexualität war mir herausgerutscht, dass ich auch Atheist war.

Apostat. Renegat. Abscheulichkeit. *Feind.*

Was sie Liebe nannten ... war keine. Sie hassten zu viel an mir, um mich zu lieben. Und das alles wegen ihrer Auslegung der Bibel und ihrer Überzeugungen darüber, was Gott wollte.

Langsam drehte ich den Kopf in Richtung der gemeinsamen Wand zwischen meiner Wohnung und Darrens. Er war nicht wie sie. Er trug seinen Glauben offen zur Schau und jetzt auch auf seiner Haut, aber ich hatte noch nie ein verurteilendes Wort über seine Lippen kommen hören. Er akzeptierte seine eigenen Unvollkommenheiten. Er rauchte mit den Sündern, so wie Jesus mit den Huren abgehangen hatte.

Er war der Inbegriff eines Christen. Und die Bibelverse, die ich auf seinen Rücken geschrieben hatte, waren die Grundlage für die Art von Christentum, die mich nicht verstoßen hätte. Vielleicht bedeutete das, dass es nicht fair war, alle Christen über denselben Kamm zu scheren. Ich konnte sie nicht alle in einen Topf werfen, wenn diejenigen, die mir wehgetan hatten, sich nicht einmal an ihre eigenen verdammten Regeln hielten.

Abgesehen von den religiösen Überzeugungen lief alles, was in diesen beiden Versen stand, und alles, was ich in der Zeit, die ich mit Darren verbracht hatte, gesehen und gehört hatte, auf die Art von Mensch hinaus, die ich in meinem Leben haben wollte. Die Art von Mensch, in die ich mich ...

Ich schluckte schwer und fuhr mir mit den Fingern durch die Haare.

Er war die Art von Mensch, in die ich mich verlieben konnte.

Und das jagte mir eine Heidenangst ein.

KAPITEL 8

Um Punkt acht Uhr am Montagmorgen klopfte Darren an meine Wohnungstür.

„Bist du fertig?", fragte er, als ich ihm aufmachte.

„Gleich. Komm rein." Während ich die Tür hinter ihm schloss, sagte ich: „Ich packe nur noch ein paar Sachen in einen Rucksack, und ich muss die Katze füttern und meine Stiefel anziehen. Dann kann's losgehen."

„Apropos, reichen die?" Er zeigte auf seine Turn-schuhe. „Ich habe keine Wanderstiefel."

„Wir werden heute nicht auf einer besonders anspruchsvollen Route unterwegs sein", sagte ich. „Haupt-sache, sie sind bequem, um ein paar Stunden darin zu laufen."

„Dafür sind sie bestens geeignet."

„Dann sollten sie reichen. Wenn du auf einige der schwierigeren Strecken gehen willst, empfehle ich, etwas Geld für ein gutes Paar Wanderschuhe auszugeben.

„Wie die?" Er nickte zu dem Paar, das neben meinem Couchtisch stand.

„Genau." Ich setzte mich aufs Sofa und nahm einen der Stiefel in die Hand. „Die sind ihr Geld wert, glaub mir."

„Ja, da bin ich mir sicher. Ein verstauchter Knöchel ist selbst auf einem ebenem Weg kein Spaß."

„Tja", ich zog den Stiefel an, „man hat nicht gelebt, bevor man nicht einen Idioten mit einer Verstauchung einen verdammten Berg hinuntergetragen hat."

Er rümpfte die Nase. „Ich verzichte."

Ich lachte. „Du wirst mich nicht den Berg hinuntertragen, wenn ich mich verletze?"

„Nein." Er deutete wieder auf meine Wanderschuhe. „Also schnür sie gut zu und pass auf, wo du hintrittst."

„Hmpf." Ich zog meinen anderen Stiefel an. „Mal sehen, ob ich den Rettungsdienst rufe, wenn du derjenige bist, der einen verletzten Fuß hat."

Darren verdrehte die Augen und schnaubte. „Herrje, Seth. Ich habe nur gesagt, dass ich dich nicht den Berg hinuntertragen würde. Du rufst nicht einmal den Rettungsdienst?" Er schnalzte mit der Zunge und schüttelte den Kopf. „Das ist einfach nur kaltherzig."

„Verdammt richtig." Ich hielt inne. „Wie heilt übrigens das Tattoo?"

Er bewegte sich ein wenig, als würde ihn die Tätowierung plötzlich irritieren. „Tut immer noch ein bisschen weh. Aber es fängt an zu jucken."

„Ja, das passiert."

„Es ist nicht schlimm. Auf jeden Fall nicht so schlimm wie in der ersten Nacht."

„Das will ich nicht hoffen." Ich machte eine Pause. „Oh, das hätte ich fast vergessen. Ich habe Sandwiches gemacht und ein paar Flaschen Wasser besorgt." Während ich meinen Stiefel schnürte, nickte ich in Richtung Küche. „Könntest du sie aus dem Kühlschrank holen?"

„Sicher." Er machte einen Schritt, hielt aber inne. „Oh, hallo."

Ich drehte den Kopf und lachte, als ich Stanley in der Mitte des Flurs sitzen sah. „Hey. Weg da, du Straßensperre."

„Ist schon okay." Darren kniete nieder und streckte seine Hand aus. „Hallo, Kleiner."

Stanley starrte ihn einen Moment lang finster an, kam dann aber auf ihn zu. Er schnupperte an Darrens Hand – dank seiner kurzen Nase deutlich hörbar – und stieß dann mit dem Kopf gegen Darrens Finger.

„Ich glaube, er mag dich", sagte ich.

„Er scheint ein netter Kater zu sein. Ich nehme an, sein Name ist nicht wirklich Straßensperre?"

„Nein. Stanley."

„Hi, Stanley." Darren streichelte ihn, was ihn sofort zu Stanleys bestem Freund im ganzen Universum machte. Die Katze lief mit aufgerichtetem Schwanz im Kreis und schnurrte laut. „Du bist nett zu mir, nicht wahr?"

„Bis er sich dein Vertrauen verdient hat." Ich begann, meinen anderen Stiefel zu schnüren. „Er hat Glück, dass ich nichts von Entfernung der Krallen halte, das kann ich dir sagen."

„Ach ja?" Darren lachte.

Stanley ließ sich auf den Rücken fallen, die Pfoten ausgestreckt und der Bauch entblößt.

„Oh, fall nicht darauf rein", sagte ich. „Wenn du deine Hand behalten willst, würde ich das nicht tun."

„Ist notiert." Zu Stanley sagte Darren: „Ich würde gerne meine Hand behalten, Kumpel. Tut mir leid." Er kratzte Stanley hinter dem Ohr, was ihm einen Schlag mit der Pfote einbrachte. Dann sprang Stanley auf und stürmte davon, ehe er sich neben das Bücherregal hockte und uns beide böse anguckte.

„Ich hab's dir gesagt", sagte ich.

„Er ist eine Katze." Darren zuckte mit den Schultern. „Ich habe nichts anderes erwartet. Wie auch immer, ich hole die Sandwiches."

Er ging in die Küche und ich tauschte mit Stanley einen Blick aus. Ich hatte eine Schwäche für Männer, die Tiere mochten. Besonders Katzen. Besonders *meine* streitsüchtige, unberechenbare Katze. Irgendetwas an einem Kerl, der mit einem Tier redete, stehen blieb und es streichelte, anstatt weiterzulaufen, sprach mich einfach an.

Nachdem ich meine Wanderstiefel angezogen, die Katze gefüttert und unser Mittagessen im Rucksack verstaut hatte, verließen wir meine Wohnung. Unten warf ich den Rucksack hinter den Fahrersitz, wir kletterten in meinen Wagen und ich fuhr aus Tucker Springs hinaus und hinauf in die Ausläufer der Berge am Rande der Stadt.

„Gibt es denn tatsächlich eine Quelle?", fragte Darren.

„Keine, die einen Besuch wert ist. Mein Freund nennt es die Tucker-Schlammpfütze."

Er kicherte. „Klingt ein bisschen enttäuschend."

„Nur ein bisschen. Die einzige Zeit, in der sie wirklich sehenswert ist, ist normalerweise, wenn die Schneeschmelze den Fluss so sehr anschwellen lässt, dass die Hälfte der Wanderwege überschwemmt wird. Es ist cool, die Quelle dann zu sehen, aber nicht, wenn man seinen Hals riskieren muss, nur um dorthin zu gelangen."

„Was gibt *es* denn da draußen sonst noch zu sehen?"

„Kommt darauf an, was dir gefällt." Ich stützte eine Hand auf das Lenkrad und die andere auf den Schaltknüppel, während sich der Highway in die dicht bewaldeten

Hügel schlängelte. „Es gibt ein paar Wasserfälle, ein paar historische Stätten hier und da. So was in der Art. Ich bevorzuge die Orte, an denen man mehr Tiere sieht."

„Wirklich? Ich wusste gar nicht, dass du auf Viecher stehst."

Ich lächelte. „Ich glaube, ich bin manchmal eher ein Tiermensch als ein Menschenmensch."

„Das habe ich bei vielen Leuten, die Katzen haben, festgestellt. Irgendetwas mit unsozialen Kreaturen, die sich zueinander hingezogen fühlen."

„Ich bin nicht unsozial", sagte ich mit gespielter Empörung. „Ich muss nur ... manchmal nicht unter Menschen sein."

„Und bevorzugst stattdessen die Gesellschaft eines Geschöpfes, das ebenfalls nicht gerne unter Menschen ist?"

„Hey, Stanley ist eine freundliche Katze." Ich kicherte über Darrens skeptische Miene.

„Er ist eine Katze, Seth", sagte er. „Sogar die freundlichen Katzen haben eine gemeine Ader."

„Okay, gut, er ist ein Arschloch. Aber ich mag ihn trotzdem. Auch wenn er auf alles haart, was ich besitze."

Darren lachte.

„Und ihr beide scheint euch auch ganz gut zu verstehen", sagte ich. „Na also."

„Was soll ich sagen, ich mag Tiere auch."

Ja, das weiß ich. Mistkerl.

Ich trommelte mit den Fingern auf den Schaltknüppel. „Wenn du ein paar Tiere sehen willst, kenne ich eine wirklich gute Route."

„Klingt perfekt. Fahren wir dorthin."

Ungefähr eine Viertelstunde später hielt ich auf dem Schotterparkplatz neben dem Ausgangspunkt des Wanderwegs. Da es ein Wochentag und noch ein bisschen früh im Jahr für Touristen war, war kein anderes Auto in Sicht. Meine Lieblingsbedingungen fürs Wandern: menschenleer.

Ich zog den Rucksack auf meine Schultern und wir begannen unsere Wanderung. Als der Weg leicht anstieg, sagte ich: „Dieser Teil wird ein wenig anspruchsvoll und technisch schwierig. Wenn du Seile oder Sauerstoffflaschen brauchst ...“

„Sehr witzig“, murmelte er.

Wir folgten dem gewundenen, gut ausgetretenen Pfad in den Wald. Er war nicht sonderlich steil und führte eher um den kleinen Berg herum als direkt zum Gipfel. Der Tag war kühl, aber angenehm. So früh im Frühling war noch etwas von der Kälte des Winters spürbar, vor allem in den höheren Lagen, aber wir waren niedrig genug, um keiner verbliebenen Schneedecke zu begegnen. Sollte es am Nachmittag warm werden, was wahrscheinlich der Fall sein würde, würde uns das immergrüne Blätterdach Schatten spenden. Perfektes Wetter, soweit es mich betraf.

Auf dem Weg nach oben redeten wir über alles Mögliche, was uns in den Sinn kam. Meistens Smalltalk. Geplänkel. Manchmal sagten wir überhaupt nichts. Darren war die Art von Wanderpartner, die ich mochte: Er genoss es, ein Gespräch zu führen, hatte aber nicht das Bedürfnis, jede Minute an Stille zu füllen.

Ich bemerkte eine leichte Bewegung im Augenwinkel und drehte den Kopf. Dann blieb ich stehen und hielt eine Hand hoch, damit Darren das Gleiche tat.

„Hey, sieh dir das an“, flüsterte ich und deutete durch die Bäume.

Darren streckte den Hals. „Was soll ich mir anseh... *Oh.*“

Auf der anderen Seite der Schlucht suchten sich

mehrere Dickhornschafe ihren Weg über einige Felsen und einen umgestürzten Baum. Hauptsächlich Weibchen mit kleineren, geraderen Hörnern, aber mindestens ein Schafbock war dabei und trug einen riesigen Satz dieser charakteristischen gebogenen Hörner.

„Siehst du hier draußen viele von denen?", fragte Darren.

„Oh, es gibt sie, aber man sieht sie nicht ständig. Aber letzten Sommer habe ich ein Foto von zwei kämpfenden Widdern gemacht. Verdammt cool. Erinnere mich zu Hause daran, damit ich es dir zeigen kann."

„Das würde ich gerne sehen", sagte er.

Wir beobachteten die Schafe noch ein paar Minuten lang, und als die Herde in den Wald und außer Sichtweite wanderte, setzten wir unseren Weg fort.

„Alles okay bei dir?", fragte ich. „Die Höhe macht dir nichts aus?"

Darren lachte. „Ich komme schon klar, danke. Aber wenn du müde wirst, können wir das Tempo drosseln."

„Sehr witzig. Ich habe für dich extra langsam gemacht, Präriejunge."

„Ach, latschen wir *deshalb* so langsam?"

Wir lachten beide und gingen weiter.

„Mann, ist das herrlich hier draußen", sagte er nach einer Weile. „Die Landschaft ist einfach unglaublich."

„Eines meiner Lieblingsdinge an Colorado."

„Ist der ganze Staat so?"

Ich schüttelte den Kopf. „Richtung Osten ähnelt es Nebraska, wenn man sich, nun ja, Nebraska nähert. Hier draußen ist es viel zivilisierter."

„Zivilisiert?" Er zog eine Augenbraue hoch. „So nennst du das also?"

„Wie würdest *du* es denn nennen?"

Er schaute sich um. „Nun, es ist ... welliger."

Ich schnaubte. „Welliger? Wirklich?"

„Ja. Oklahoma ist schön glatt und eben." Er beschrieb einen Kreis mit seiner Hand, als würde er sie über eine imaginäre ebene Fläche führen. „Also *das* ist zivilisiert."

„Aha. Behauptet der Mann, der gerade gesagt hat, wie unglaublich schön es hier draußen ist." Ich schüttelte den Kopf. „Also gibt es nirgendwo Berge? Wie konntest du an einem solchen Ort nicht den Verstand verlieren?"

„Würdest du mir glauben, dass ich keinen richtigen Berg gesehen habe, bis ich zehn war?"

Mir fiel die Kinnlade herunter. „Ernsthaft? Alter, ich bin schon auf Berge geklettert, noch bevor ich in der ersten Klasse war."

„Tja, einige von uns waren benachteiligte Jugendliche, die gezwungen waren, im Flachland zu leben."

„Auf jeden Fall benachteiligt."

„Ja", sagte er. „Und, kletterst du immer noch?"

„Nein, schon seit vielen Jahren nicht mehr. Es war etwas, das ich mit meinem Vater und meinem Bruder gemacht habe, also ..."

„Oh. Verstehe."

„Aber vielleicht versuche ich es eines Tages wieder." Ich zuckte mit den Schultern. „Du weißt schon, wenn ich jemals jemanden finde, der bereit ist, an einem Seil von einer Felswand zu baumeln."

Er lachte. „Nun, falls du je bereit bist, einen Anfänger mitzunehmen, würde ich es gerne ausprobieren."

„Vielleicht tue ich das." Unsere Blicke trafen sich und das Schweigen drohte unangenehm zu werden, also deutete ich den Pfad hinauf. „Hinter dieser Kurve gibt es eine gute Stelle, wo wir eine Pause machen und was essen können, wenn du hungrig bist. Ein paar Picknicktische und so was."

„Ich könnte was vertragen."

„Dann machen wir dort Rast."

Zum Glück reichte das aus, um uns wieder auf den Pfad des zwanglosen Smalltalks zu bringen, und wir gingen weiter und um die Kurve zu einer Lichtung neben dem Fluss. Das Grünflächenamt hatte vor etwa zehn Jahren einen Picknickplatz angelegt, und auf den ersten Blick schienen die verwitterten alten Tische von Termiten befallen zu sein. Bei näherer Betrachtung jedoch bildeten alle Rillen und Löcher schärfere, bewusste Muster.

Ich ließ den Rucksack auf ein paar Inschriften fallen, wie etwa *M. R. war hier* und *Casey liebt Jordan*. Wir holten unser Essen heraus und setzten uns auf die verwitterten Bänke.

Während wir aßen, sagte Darren: „Ich habe eine Frage."

„Ja?"

„Ich war schon immer neugierig wegen dieser Sache, aber ich glaube, ich kann dich das fragen, ohne dass es zu einem heftigen Streit kommt, bei dem einer von uns beiden versucht, den anderen im Fluss zu ertränken."

Lachend schraubte ich den Deckel meiner Wasserflasche ab. „Nun, jetzt bin ich definitiv neugierig, also schieß los."

„Du glaubst an die Evolution, ja? An den Urknall? All das?"

„Ja."

„Und du warst mal gläubig, richtig?"

Ich nickte.

Er stopfte die leere Sandwichtüte in den Rucksack. „Als du das damals alles gesehen hast", er deutete mit einer Hand auf unsere Umgebung, „hast du geglaubt, dass es erschaffen wurde."

Ich hob eine Augenbraue. „Ist das der Moment, in dem du mich fragst, wie ich nicht an Gott glauben kann, wenn es so viele erstaunliche Dinge um mich herum gibt?"

Darren lachte. „Na ja, auf eine nicht ganz so passiv-aggressive Art. Ich bin einfach nur neugierig. Ich war immer gläubig, aber ich möchte trotzdem verstehen, wie die Dinge für jemanden aussehen, der nicht an Gott glaubt. Es fällt mir schwer, mir vorzustellen, dass irgendetwas davon zufällig passiert ist, weißt du? Das heißt nicht, dass ich nicht an die wissenschaftlichen Theorien glaube; ich glaube nur nicht, dass Dinge wie der Urknall zufällig passiert sind."

„Wirklich?"

Er nickte. „Ich sehe die Wissenschaft nicht als Diskreditierung Gottes. Ich sehe sie als Erklärung für das Universum, das er geschaffen hat, und nicht für eines, das zufällig entstanden ist."

Ich nahm einen Schluck und stellte die Flasche beiseite. „Ich halte es sogar für noch erstaunlicher, dass das alles zufällig passiert ist. Der ganze Planet. Wir. All das hier." Ich gestikulierte um uns herum. „Die Chancen standen Milliarden zu eins, aber es ist passiert, und wenn ich Glück habe, darf ich für den Großteil eines Jahrhunderts ein Teil davon sein."

„Interessant." Er lächelte. „Das macht die ganze Theorie zunichte, dass Atheisten das Leben für bedeutungslos halten."

„Nur ein bisschen", sagte ich mit einem leisen Lachen. „Und ich gebe zu, dass ich das selbst geglaubt habe, bevor ich einer wurde. Aber dann wurde mir klar, dass es schwer ist, etwas als bedeutungslos zu erachten, wenn es irgendwann endet. Als ich noch an Gott geglaubt habe, drehte sich alles um die Ewigkeit, und es schien, als sei dieses Leben nur, nun ja, eine Formalität. Etwas, das man tut, bevor man zum guten Teil kommt." Ich schaute ihn an. „Aber wenn das alles ist, was man hat, dann stellt man sicher, es in vollen Zügen zu genießen."

„Interessant", sagte er wieder, diesmal mehr zu sich selbst.

Ich nahm noch einen Schluck. Während ich die Flasche verschloss, sagte ich: „Da wir gerade bei heiklen Dingen sind, die dazu führen könnten, dass einer von uns im Fluss ertrinkt ... Ich bin auch auf etwas neugierig."

Darren grinste. „Sollen wir uns weiter vom Fluss entfernen?"

„Das Risiko gehe ich ein."

„Dann schieß los."

„Du hast gesagt, du seist dein ganzes Leben lang gläubig gewesen. War das ein Thema, als du festgestellt hast, dass du schwul bist?"

„Oh ja. Das war ein ... Prozess." Darren atmete langsam aus. „Verleugnung, Wut, noch mehr Verleugnung. Ich habe lange gebraucht, um damit fertig zu werden und zu erkennen, dass ich es nicht ändern kann, und meine Familie ..." Er pfiff leise und schüttelte den Kopf.

„Ich schätze, sie haben es nicht gut aufgenommen."

„Überhaupt nicht. Wir waren sehr fundamentalistisch. Mein Vater war Pastor und wir Kinder waren alle wild entschlossen, Missionsarbeit zu leisten. Es gab also jede Menge Gewissenskampf und Hadern im Hause Romero, das kannst du mir glauben."

„Das kann ich mir vorstellen."

„Besonders mein Dad. Er war rasend vor Wut. Völlig außer sich. Er hat mich sogar rausgeschmissen."

„Wie alt warst du?"

„Sechzehn. Er ist einfach ausgerastet und hat mich rausgeworfen. Ich hatte weder einen Job noch ein Auto, also bin ich zu meiner Tante gezogen." Darren sah mir in die Augen. „Aber würdest du glauben, dass es mein Vater war, der mir schließlich geholfen hat, meinen Frieden mit meinem Glauben und meiner Sexualität zu schließen?"

Ich blinzelte. „Du machst Witze."

Er schüttelte den Kopf.

„Selbst nachdem er dich rausgeworfen hatte? Wie?"

„Nun, schon bevor ich mich geoutet habe und zu meiner Tante gezogen bin, war ich lange Zeit wirklich sauer wegen meiner Sexualität. Vor allem auf mich selbst, weil ich das Gefühl hatte, dass ich sie hätte überwinden müssen, aber ich konnte es nicht. Manchmal war ich wütend auf Gott, weil ich mir sicher war, dass er mich so geschaffen hatte und mich dann dafür verurteilte. Dadurch fühlte ich mich schuldig und treulos und ich wurde noch wütender und ..." Er winkte mit einer Hand. „Es war einfach ein Teufelskreis. Aber mir wurde klar, dass ich nun mal so bin und dass Gott mich deswegen nicht ablehnen würde. Und dann erzählte ich es meinen Eltern und wurde rausgeworfen."

Darren verstummte. Er ließ den Blick einen Moment lang über die Landschaft schweifen, seine Augen ohne Fokus. Schließlich fuhr er fort. „Eines Sonntagabends kam Dad zum Haus meiner Tante und setzte sich mit mir zusammen. Ich weiß noch, dass ich furchtbaren Schiss hatte, als er mir sagte, dass wir unter vier Augen reden müssten. Ich war sicher, er würde mir ein Ultimatum stellen. Als er sich mir gegenübersetzte und die Bibel auf den Tisch legte, hatte ich solche Angst, dass es das war und ich verstoßen werden würde."

Ich schluckte und ein nur allzu bekanntes flaues Gefühl machte sich in meinem Magen breit. „Was ist dann passiert?"

„Kennst du das Gleichnis vom verlorenen Sohn?"

Oh ja. Das wurde mir vielleicht ein oder auch zwölf Mal um die Ohren geschlagen.

Ich nickte nur.

„Dad las mir diese Passage vor. Und ich fühlte mich mit jeder Minute immer schuldiger, als wollte er mir sagen, dass ich wie der Sohn in dem Gleichnis sein und die Familie um Vergebung bitten sollte. Dass sie mir in dem Fall vergeben würden und sie würden alle feiern, weil das bedeuten würde, dass der Sohn, den sie für tot hielten – spirituell gesehen – zurückgekommen wäre."

Kommt mir bekannt vor. Ich verzog finster das Gesicht, sagte aber nichts.

Darren betrachtete den vorbeiströmenden Fluss. „Dann schloss er das Buch. Und er wurde ganz still. Also sitze ich natürlich da, wappne mich und bereite mich auf das Schlimmste vor." Er strich sich mit den Fingern durch die Haare. „Er sagte genau das, was ich erwartete. Dass er seit dem Tag, an dem ich mich geoutet hatte, der Meinung war, dass ich Buße tun und um Vergebung bitten sollte und das schließlich auch würde, wie der verlorene Sohn. Und bis heute weiß ich nicht, ob ich genau das tun wollte oder ob ich ausrasten und ihm sagen wollte, wo er sich dieses Gleichnis hinschieben könne, aber er ... Ich weiß nicht, ich sah einfach etwas in den Augen meines Vaters, das ich noch nie zuvor gesehen hatte, und deshalb sagte ich nichts. Ich wartete einfach."

„Was hat er gesagt?"

„Er erzählte mir, dass es ihn zu diesem Teil der Bibelstelle zog, als er nach meinem Coming-out gebetet hatte, und dass er bis zu diesem Abend nicht begriffen hatte, dass *er* derjenige war, der die Rolle des verlorenen Sohnes innehatte."

Ich blinzelte. „Was?"

Darren fuhr sich mit der Zunge über die Lippen, wandte sich aber nicht mir zu. „Er sagte, er predige seiner Gemeinde jeden Sonntag, wie Christus zu sein, aber Christus habe nie ein Wort über Homosexualität gesagt. Ja, es gibt ein paar Stellen in der Bibel, die man als antihomosexuell auslegen kann, aber nichts von Jesus. Dieser plädierte auch nie dafür, einen Sohn zu verstoßen." Wieder schwieg er und schloss für einen Moment die Augen. Vielleicht betete er, vielleicht sammelte er sich. Vielleicht auch beides. Es war unmöglich zu sagen.

Dann schniefte er heftig und wischte sich über die Augen, bevor er mich ansah. „Er sagte mir, dass ihm an diesem Morgen, als er sich auf seine Predigt vorbereitete, klar wurde, dass er nicht vor all diesen Leuten stehen und ihnen sagen konnte, dass sie wie Christus sein sollten, wenn er seinen eigenen Sohn verstoßen hatte." Darren schluckte schwer. „Er sagte mir, dass er mich liebe. Und er fragte mich, ob er nach dem, was er getan hatte, überhaupt noch hoffen darf, in meinem Leben willkommen zu sein. So wie der verlorene Sohn, als er zu seinem Vater zurückkehrte."

„Wow", sagte ich.

„Ja." Darren schüttelte ein wenig der Verspannung aus seinen Schultern. „Das war der Tag, an dem mir klar wurde, was ich mit meinem Leben anfangen wollte. Ich wollte schon immer Missionar werden, auch als ich noch damit kämpfte, meine Sexualität mit meinem Glauben in Einklang zu bringen, aber in diesem Moment wusste ich einfach, dass *dies* meine Berufung war."

„Und wie sieht es mit deiner Familie aus?" fragte ich. „Verstehst du dich seither gut mit ihr?"

Darren zuckte mit den Schultern. „Es gab einige Hindernisse auf dem Weg. Chris und meine Schwestern brauchten eine Weile, bis sie es akzeptierten. Mom war ein bisschen komisch, als ich anfing, mit Jungs auszugehen. Dad hatte seine Momente. Sie haben alle lange gebraucht, um zu akzeptieren, dass ich mich nicht ändern werde, und noch länger, dass ich mich nicht ändern *muss*, aber nach ein paar Jahren haben wir es auf die Reihe gekriegt."

„Freut mich zu hören", sagte ich und sah zum Fluss statt zu Darren.

„Ich habe, ähm ..." Er machte eine Pause und räusperte sich. „Ich habe nicht vielen Leuten davon erzählt."

Ich drehte mich wieder zu ihm um. „Oh. Ich, äh, hoffe, ich habe damit keinen Nerv erwischt."

„Nicht wirklich. Ich rede nur nicht darüber, außer mit engen Freunden." Er sah mir in die Augen. „Wirklich engen Freunde."

Mir stockte der Atem. „Oh", war alles, was ich herausbrachte.

Er hielt meinen Blick fest. Ich seinen.

Mein Herz schlug schneller.

Oh Gott, lass uns den heutigen Tag nicht mit einem *dieser peinlichen* Wir müssen Freunde bleiben-*Gespräche ruinieren.*

Dann brach Darren den Blickkontakt abrupt ab und nickte in Richtung des Pfades. „Wir sollten, ähm, weitergehen. Es wird nicht ewig hell bleiben."

„Richtig. Ja. Gute Idee." Ich stand auf und packte meine Wasserflasche in den Rucksack. „Fertig?"

„Ja." Sein Blick traf wieder meinen. Ich war mir sicher, dass wir nachgeben und diesen peinlichen Moment haben würden, aber zum zweiten Mal war er derjenige, der den Kontakt unterbrach.

Ich schnallte mir den Rucksack um und wir machten uns auf den Weg. Es dauerte nicht lange, bis wir wieder in ein lockeres Gespräch fanden, und soweit ich es beurteilen konnte, hatte er den angespannten, leicht peinlichen Moment, den wir geteilt hatten, vergessen. Ich allerdings ganz sicher nicht.

Ich wusste nur nicht, was ich davon halten sollte.

KAPITEL 9

Wie so oft war das Studio am Donnerstagabend leer, aber wir hatten den ganzen Tag über gute Laufkundschaft gehabt, also konnte ich mich nicht beschweren. Eine kleine Auszeit tat gut. So konnte ich saubermachen, Designs anfertigen und *nicht* an die Wanderung am Montag denken, wie ich es die ganze Woche über getan hatte.

Ich setzte mich auf, um meinen Nacken zu lockern, nachdem ich eine halbe Stunde lang über einer Zeichnung gehockt hatte. Lane stand am Tresen und überflog den Terminkalender. Ich wollte gerade vorschlagen, den Laden früher zu schließen, weil es so ruhig war, als er über etwas auf der linken Seite des Buches stolperte. Dann verdrehte er die Augen und blätterte die Seite mit mehr Kraft um als nötig.

„Was?", fragte ich.

„Nichts", brummte er. „Mir ist nur einer deiner Termine nächste Woche ins Auge gestochen."

„Was ist damit?"

Er starrte mich finster an, sagte aber nichts. Der typische Lane-Ausdruck, der bedeutete: *Lies zwischen den*

Zeilen, Arschloch. Ich ging im Geiste meinen Terminkalender für die nächste Woche durch und überlegte, was ich möglicherweise –

Oh.

Ich ächzte, lehnte mich in meinem Stuhl zurück und schob die Skizze weg, an der ich gearbeitet hatte. „Alter, ernsthaft? Das schon wieder?" Ich war so was von nicht in Stimmung für diesen Scheiß. Nicht nachdem ich die ganze Nacht wach gewesen war und an Darren gedacht hatte. Schon wieder.

Er starrte mich an. „Ja, das schon wieder."

„Verdammt noch mal, Mann. Es gibt keinen Grund, warum es für mich ein Problem sein sollte, an ihm zu arbeiten. Hast du eine Ahnung, wie viele *deiner* Kunden HIV oder Hepatitis positiv sind?"

Er verlagerte das Gewicht. „Keiner von ihnen hat gesagt –"

„Müssen sie bei dir aktuelle Testergebnisse vorlegen?"

„Nein", knurrte Lane. „Müssen sie nicht."

„Wer sagt denn, dass du nicht auch Leute tätowierst, die positiv auf eines von beiden sind?" Ich stemmte mich von meinem Stuhl hoch. „Wenigstens *weiß* ich, dass dieser Typ positiv ist."

„Ach ja?" Er sah mir zu, wie ich aufstand und den Laden durchquerte. „Und ich habe nicht gesehen, dass du auch nur einen Scheiß an zusätzlichen Vorsichtsmaßnahmen ergriffen hast, wenn du an ihm arbeitest."

Ich hob eine Augenbraue und beugte mich dann vor, um in einer Schublade nach ein paar Stiften zu kramen. „Ich treffe bei ihm dieselben Vorsichtsmaßnahmen wie bei jedem anderen verdammten Kunden", ich holte die Stifte heraus und knallte die Schublade zu, „denn ich tätowiere *alle* meine Kunden in der Annahme, dass sie HIV oder Hep haben. Du nicht?"

„Natürlich tue ich das. Aber das ist ..." Er trat von einem Bein aufs andere und verschränkte die Arme vor der Brust.

„Lane, denk mal nach. Ich mache mit ihm das Gleiche wie mit jedem anderen Kunden." Ich ließ die Stifte neben dem Skizzenblock fallen und zählte die Punkte an meinen Fingern ab. „Ich trage Handschuhe. Ich desinfiziere alles. Ich verwende neue, sterile Tintenbehälter und frische Tinte, die noch nie angerührt wurde und die ich auch bei niemandem sonst verwenden werde. So wie ich es bei jedem anderen auch tun würde, weil ich davon ausgehe – genau wie du davon ausgehen solltest –, dass jeder, der durch diese Tür kommt, positiv sein könnte."

„Trotzdem ist mir nicht wohl dabei, wenn sich herumspricht, dass wir Leute tätowieren, die positiv sind." Er deutete scharf auf meinen Arbeitsplatz. „Oder dass du sie mit derselben Ausrüstung tätowierst, die du bei allen anderen verwendest."

„Ist das dein Ernst? Wir sterilisieren alles zu Tode, was wir besitzen, über die Vorschriften hinaus, und du willst trotzdem, dass ich ein komplettes Equipment nur für diese Kunden kaufe?"

„Was kann es schaden?"

„*Lane*." Ich deutete auf den Raum um uns herum. „Wo sollen wir das zusätzliche Equipment unterbringen? Mal im Ernst. Wenn wir den Platz hätten, hätten wir schon *längst* einen weiteren Tätowierer eingestellt."

„Wir können uns keinen zusätzlichen Tätowierer leisten, selbst wenn wir Platz hätten."

„Das Gleiche gilt fürs Equipment."

„Meinst du nicht, dass es wichtiger ist –"

„Ich werde nicht ständig mit dir darüber diskutieren, Alter. Wenn du willst, dass ich einen Termin mit ihm mache, wenn du nicht hier bist, werde ich das tun." Murmelnd fügte ich hinzu: „Gott bewahre, dass ich dir Kontakt mit einem Aussätzigen zumute."

Lane brummte etwas, das ich nicht verstand, und damit wir uns bei all den teuren Geräten um uns herum nicht prügeln mussten, bat ich ihn nicht, es zu wiederholen. Ich hatte diesen alten Streit satt, und es hatte keinen Sinn, ihn noch einmal aufkommen zu lassen. Es war eines der wenigen Dinge, über die wir uns stritten, und es kam nicht oft vor. Ansonsten arbeiteten wir bestens zusammen.

Ich rieb mir die Augen. Eines Tages würden wir diesen Streit beilegen. Hoffentlich außerhalb der Hörweite unserer Kundschaft.

Zum Glück öffnete sich genau in diesem Moment die Eingangstür. Ich warf einen Blick darauf und sah dann noch mal genauer hin.

Ein Junge, der nicht älter als sechzehn sein konnte, schlenderte herein. Gepiercte Lippe, gepiercte Augenbraue, gebleichte Haare. Punk-Shirt und zerrissene Jeans. Aus jeder pubertären Pore seines pickeligen Gesichts strahlte er rotzfreches Selbstbewusstsein aus.

Ich sah solche Kids hier ständig, also war er nicht der Grund, warum ich noch mal hinsah.

„Stimmt etwas nicht?", fragte Darren, als die Tür hinter ihm zufiel.

„Äh, nein, ich ..." ... *habe nicht erwartet, dich heute Abend zu sehen.* Ich schüttelte den Kopf und ging zum Tresen. „Hab nur nicht mit dir gerechnet." *Und ich bin mir nicht sicher, wie ich in deiner Nähe Luft bekommen soll.* „Wie geht es mit dem ... ähm, heilt das Tattoo weiterhin gut?"

„Fühlt sich gut an", sagte er. „Juckt ein bisschen."

„Das ist normal."

„Ja, so stand es auf der Karte. Und eigentlich ist diese Tätowierung der Grund, warum ich hier bin." Sein Blick wanderte zu dem Jungen, den er mitgebracht hatte. „Das ist Max. Er hat das Tattoo durch mein T-Shirt gesehen und will jetzt auch eins."

Mein Kopf flog so schnell zu ihm herum, dass ich mir fast das Genick brach. „Und wie alt ist er?"

Darrens Wangen färbten sich ein wenig. „Ähm, sechzehn."

Mein Mund klappte auf. „Du willst, dass ich einen Jungen, der –"

„Er wird sich sowieso eines stechen lassen", schoss Darren zurück. „Ich habe ihn hergebracht, weil ich dann wenigstens sicher sein kann, dass er es in einem sauberen, seriösen Studio bekommt."

Max sah mich an, als wollte er sagen: *Na und?*

Ich kniff die Augen zusammen und schaute Darren an. „Und kein sauberes, seriöses Studio wird einen Sechzehnjährigen ohne die Erlaubnis seiner Eltern tätowieren."

„Er ist mündig. Er *braucht* die Erlaubnis seiner Eltern nicht."

Ich ließ den Kopf nach vorne fallen. „Du bringst mich um, Darren." Ich fuhr mir mit einer Hand durch die Haare. „Mein Gott. Er ... er ist noch ein Kind!"

„Ich weiß. Und es tut mir leid. Ich weiß, dass dich das in eine missliche Lage bringt." Er nickte in Richtung Max. „Aber er hat eine gerichtliche Urkunde, die seine Mündigkeit erklärt. Im Grunde gilt er damit als volljährig, was bedeutet, dass du nicht dafür haftbar gemacht werden kannst, wenn –"

„Es ist nicht die Legalität, um die ich mir Sorgen mache.

Achtzehnjährige sind schon impulsiv, wenn es um Tattoos geht." Ich schaute Max an. „Aber *sechzehn?*"

Max blies seinen Kaugummi auf und ließ ihn platzen und verkündete mit dem leisen Knall *Fick dich, alter Mann.*

Darren hielt seinen Tonfall neutral. „Welche Wahl habe ich denn?" Es klang mehr wie ein Flehen als eine Frage. „Er will eins. Er ist fest entschlossen, eins zu bekommen. Ich kann ihn nicht aufhalten, also bringe ich ihn zu dir, damit es wenigstens sicher für ihn ist."

Ich betrachtete den Jungen einen Moment lang schweigend. Es gab viele zwielichtige Tätowierer in dieser Stadt. In jeder Stadt.

„Bitte, Seth", sagte Darren, fast flüsternd.

Ich kaute an der Innenseite meiner Wange und nickte schließlich. „Okay. Gut."

Darren atmete aus. „Danke. Ich stehe tief in deiner Schuld."

„Mach dir deswegen keine Gedanken."

Ich trat um den Tresen herum und ging zu dem Jungen. Er hatte die Arme vor der Brust verschränkt und musterte mit gerunzelter Stirn die Bilder an den Wänden.

„Siehst du etwas, das dir gefällt?", fragte ich.

„Ach", sagte er mit einem halben Schulterzucken. „Die sind nicht so übel."

„Danke."

Er schniefte verächtlich und sein Blick glitt zu mir. „Ist das alles, was du draufhast?"

„Kommt drauf an. Was schwebt dir denn vor?"

„Ein Tribal."

Ich betrachtete sein strähniges, gebleichtes Haar und seine blauen Augen, die so gar nicht auf einen Native American hinwiesen. „Welcher Tribe?"

„Was?"

„Auf welchen Stamm soll es Bezug nehmen?"

„Ich weiß nicht." Er zuckte mit den Schultern. „Irgendwas halt."

Ich bedachte Darren mit einer gewölbten Augenbraue und hoffte, dass dies als lautes und deutliches *Was soll der Scheiß, Mann?* ankam.

Er zuckte entschuldigend mit den Schultern, sagte aber nichts.

Ich wandte mich wieder dem Jungen zu. „Schauen wir uns ein paar Designs an. Mal sehen, ob dir etwas ins Auge fällt. Komm hier rüber."

Ich führte ihn zurück zum Tresen und trat dahinter. Dann zog ich die Mappe mit den Tribals aus dem Regal und ließ sie schwer auf den Tresen fallen. „Hier, bitte sehr. Alle unsere Tribals."

Max murmelte etwas und zog die Mappe zu sich. Er klappte sie auf und blätterte sie mit dem Interesse durch, das jemand an den Tag legte, der ein Buch mit Steuergesetzen las.

„Während du was aussuchst", sagte ich, „hast du eine Kopie deiner Mündigkeitserklärung?"

Ohne aufzuschauen, kramte er das zerknitterte und gefaltete Papier aus seiner Jackentasche hervor.

„Wie wäre es mit einem Ausweis dazu?"

Er schnaufte, wie nur ein Teenager schnaufen kann, und zog dann eine Brieftasche heraus, die sowohl einen Klettverschluss als auch eine Kette hatte. Dann knallte er einen Ausweis auf den Tresen.

Während er die Mappe durchging, machte ich Fotokopien der Dokumente. Ich gab ihm die Originale zurück und steckte die Kopien in einen Ordner, den ich später abheften würde. Auch wenn er keine Tätowierung bekam, blieb das Zeug hier, falls jemand Fragen stellen sollte.

„Ich will das hier." Er tippte auf ein breites Tribal für den Oberarm. „Ganz um meinen Arm herum."

„In Ordnung." Ich legte die Einverständniserklärung und die Haftungsverzichtserklärung auf den Tresen. „Lies das durch und unterschreib unten."

„Wofür ist das?" Er starrte mich an. „Ich habe dir doch schon meinen Ausweis und so gegeben."

„Ja. Und das ist die Verzichtserklärung."

Er verdrehte die Augen. „Das ist viel zu viel Papierkram. Ich will ein Tattoo, kein Auto."

„Und ich will lange genug im Geschäft bleiben, um nicht als Penner in Rente zu gehen." Ich zeigte auf das Formular. „Keine Tinte da drauf? Keine Tinte auf dir."

„Warum? Ich weiß, was ich will."

„Ja, aber woher weiß ich, dass du mich nicht verklagst, wenn es sich infiziert oder du Hepatitis bekommst?" Ich deutete auf das Formular. „Ich schließe in einer Stunde, Kumpel. Wenn du heute Abend noch ein Tattoo willst, lies es und unterschreib es."

„Max", sagte Darren zu dem Jungen. „Das alles bedeutet, dass er ein verantwortungsvolles, sicheres Studio führt. Deshalb habe ich dich hierhergebracht. Füll einfach die Formulare aus."

„Das ist der Kerl, der deins gemacht hat, richtig?", fragte Max.

Darren nickte. „Ja. Und ich musste das gleiche Formular ausfüllen."

Der Junge seufzte, begann dann aber, das Formular zu lesen.

Ich wandte mich wieder Darren zu. Er zuckte erneut entschuldigend mit den Schultern. Er musste genauso gut wie ich wissen, dass der Junge noch lange nicht reif genug war, um sich ein Tattoo stechen zu lassen, und er hatte sich bei Weitem nicht genug Gedanken über sein Design gemacht.

„Hier." Der Junge klatschte das Formular auf den Tresen. „Können wir das jetzt machen?"

„Bereit, wenn du es bist. Setz dich."

Er folgte mir zu meinem Arbeitsplatz hinter dem Tresen. Sein Ärmel war locker genug und die gewünschte Stelle lag tief genug, sodass ich den Ärmel einfach hochschieben und festklipsen konnte. Dann bereitete ich seine Haut vor und legte die Vorlage auf.

Sobald die Transferfolie angebracht war, zeigte ich auf den Spiegel. „Sieh es dir an. Geh sicher, dass es genau da ist, wo du es haben willst."

Er stand auf und ging zum Spiegel. Er grinste sein Spiegelbild an und sagte: „Ja. Ja, das ist genau das, was ich will."

„Bevor wir anfangen", sagte ich, „warum schauen wir nicht, ob du mit dem Schmerz klarkommst?"

Max lachte. „So schlimm ist das nicht."

„Nicht?"

Er grinste meinen tätowierten Arm an. „Falls doch, dann bist du ein Idiot."

„Oder ich habe einfach eine höhere Schmerztoleranz als die meisten."

Er drehte sich zu Darren um. „Deins war nicht schlimm, oder?"

Darren zuckte mit den Schultern. „Ich hab dir gesagt, dass es ziemlich intensiv war."

Unsere Blicke trafen sich kurz. Sein Gesicht gewann an Farbe und ich konzentrierte mich wieder darauf, meine Ausrüstung vorzubereiten. Ja, seine Tätowierung war intensiv gewesen, aber der Schmerz hatte nichts damit zu tun gehabt.

„Egal." Max schnaubte wieder verächtlich. „Ich

verkrafte das." Er zeigte auf die Piercings in seinem Gesicht. „Leg los."

„In Ordnung." Ich nahm die Nadel in die Hand und schaltete sie ein. „Vorerst ohne Tinte. Ich will nur sehen, wie gut du mit dem Schmerz umgehen kannst."

„Was immer du meinst, Mann."

Ich widerstand dem Drang, die Augen zu verdrehen, als ich die Nadel an der Innenseite seines Oberarms ansetzte, bereit, die Spitze gegen seine Haut zu drücken. Er war nicht der erste unbesiegbare Punk, der in meinen Laden spazierte, und er würde auch nicht der letzte sein. Er würde auch nicht der erste sein, der heulend hinauslief, was ich voraussah in *drei ... zwei ...*

„*Au!*", schrie er.

Eins, Arschloch.

Er zuckte zurück, drückte den Arm wie einen gebrochenen Flügel an seine Seite und hob die andere Hand.

Ich hielt die Nadel hoch, die immer noch surrte. „Bereit für die Tinte?"

„Nein!" Er wich noch weiter zurück. „Nein, ich, ähm ..." Er riss die Klammern von seinem Hemd und rollte den Ärmel über die Vorlage hinunter. „Vergiss es. Ich hab's mir anders überlegt. Ich will es doch nicht."

„Bist du sicher?", fragte ich.

„*Ja.*" Er sprang vom Stuhl und wich von mir zurück. „Lass uns hier verschwinden", murmelte er zu Darren.

Darren sagte kein einziges Wort. Er folgte dem Jungen einfach zur Tür. Auf dem Weg dorthin drehte er sich jedoch noch einmal um und seine Lippen formten ein lautloses „Danke".

Ich schüttelte nur den Kopf und lachte.

Als ich den Laden schloss, fuhr Darren vor und parkte neben meinem Wagen. Mein Herz schlug schneller, als er den Motor abstellte.

Er öffnete die Autotür. „Hey. Ähm, ich wollte mich noch mal bedanken. Für vorhin."

„Kein Problem", sagte ich. „Hast du wirklich gedacht, ich würde ihn tätowieren?"

„Nun, ich wusste nicht, welche Wahl du hattest." Er trat neben mich auf den Bordstein. „Aber es tut mir leid, dass ich dich in diese Lage gebracht habe."

„Ach, mach dir darüber keine Gedanken." Ich öffnete die Tür zum Treppenhaus und bedeutete ihm vorzugehen. „Wahrscheinlich ist es besser, dass du ihn zu mir gebracht hast als zu einem der zwielichtigen Tätowierer in der Stadt."

„Deshalb habe ich es ja getan."

„Wo hast du diesen Jungen eigentlich getroffen?"

„Meine Kirche hat ein Hilfsprogramm für LGBT-Jugendliche, die zu Hause hinausgeworfen wurden.

Mein Herz überschlug sich. „Sie haben ein ... *wirklich?*"

Am oberen Ende der Treppe blieb er stehen und machte einen Schritt zur Seite, damit ich Platz hatte, zu ihm in den Flur zu treten. „Ja. Deshalb haben sie mich ja überhaupt erst eingestellt. Sie brauchten einen Jugendpastor, aber auch jemanden, der das Programm leitet. Max ist eines der obdachlosen Kids und wohnt bei uns, bis er wieder auf die Beine kommt."

„Also ... die Kirche. Sie hat tatsächlich ein Programm für queere Jugendliche?"

Darren nickte. „Der Pastor rief das Programm ins Leben, als er die Kirche gründete. Er verlor seinen Bruder, nachdem ihre Eltern ihn hinausgeworfen hatten, und beschloss, dass es seine Berufung sei, anderen in der gleichen Notlage zu helfen."

„Wow. Das ist ... ähm, das ist toll. Ich meine, dass du und der Pastor das alles macht." *Was mir nicht gerade dabei hilft, dich nicht zu wollen, oder?*

„Es ist ein gutes Programm", sagte er. „Wir versuchen, mehr Unterstützung aus der Gemeinde zu bekommen, aber es ist ein Anfang.

„Das ist großartig."

Unsere Blicke trafen sich und blieben aneinander hängen, wie so oft, wenn wir uns in diesem Flur befanden. Nach den Erfahrungen der Vergangenheit zu urteilen, liefen wir jetzt ernsthaft Gefahr, über andere Dinge als das Programm seiner Kirche zu reden, also sagte ich schnell – und unbeholfen –: „Nun, ich will dich nicht aufhalten. Es ist schon ziemlich spät."

Er lächelte. „Gute Nacht."

„Gute Nacht."

Er ging in Richtung seiner Wohnung und ich wollte zu meiner, aber ich zögerte.

„Hey, ähm." Ich räusperte mich. „Ich weiß, dass wir nicht unbedingt einer Meinung sind, was Glaubensdinge angeht, aber dieses ... dieses Hilfsprogramm." Ich machte eine Pause. „Gibt es eine Möglichkeit, wie ich helfen kann? Du weißt schon, die Kids unterstützen?"

„Wir brauchen jede Hilfe, die wir bekommen können." Als er seine Schlüssel aus der Tasche zog, drehte er sich wieder zu mir. „Hast du in nächster Zeit irgendwelche freien Abende?"

„Montag und Dienstag."

„Warum kommst du dann nicht am Montag vorbei? Falls du nichts anderes vorhast? Die Jugendgruppe hilft normalerweise mittwochabends aus, aber an den anderen Abenden sind wir oft ein wenig unterbesetzt."

„Dann komme ich am Montag."

„Großartig." Er lächelte. „Ich weiß das wirklich zu schätzen. Danke."

„Jederzeit."

KAPITEL 10

Ich hatte mir in den letzten Jahren immer wieder geschworen, nie wieder einen Fuß in eine Kirche zu setzen, aber jetzt war ich hier und ging durch die Eingangstür der New Light Church. Auf dem Weg über die Schwelle war ich seltsamerweise versucht, stehen zu bleiben und mich zu bekreuzigen. Sehr seltsam für einen nicht spirituellen Menschen, der nie katholisch gewesen war, aber wenn ich einen Ort wie diesen betrat, würde ich alle Schutzmaßnahmen ergreifen, die mir einfielen.

Entspann dich. Es ist nur eine Kirche. Und es ist nicht diese Kirche.

Wie ein Vampir, der sich auf heiligen Boden begab, ging ich also hinein.

Dies war definitiv keine dieser protzigen Megakirchen wie die, die meine Familie besucht hatte. Keine Multimillionen-Dollar-Anlage. Keine vergoldeten Statuen und Kerzenständer vor riesigen Lautsprechern. Keine kunstvollen Glasmalereien oder riesige Bildschirme vor einem Altarraum mit Stadionbestuhlung und Surround-Sound.

Es war fast wie ein aufgemotztes Gemeindezentrum.

Ich erwartete halb, dass der Altarraum mit Klappstühlen statt mit Kirchenbänken gefüllt war, aber es gab tatsächlich Bänke. Verwittert, mit dem einen oder anderen Riss oder Fleck, aber es waren Kirchenbänke.

Obwohl sie nicht mit der Kirche zu vergleichen war, die ich vor einer Ewigkeit besucht hatte, gab es doch einige vertraute Elemente. Eine Bibel mit schwarzem Einband und Goldprägung. Einheitliche Gesangbücher mit ihren roten Seitenrändern. Gelegentlich das Gemälde eines nachdenklichen, kaukasischen Christus.

All diese vertrauten Dinge und das einzelne große Holzkreuz in der Mitte des Altarraums waren wie eine seltsame Verbindung zwischen dem, was ich damals geglaubt hatte, und dem, was ich heute glaubte. Die Erinnerung an meine Gefühle über dieses Symbol – das Gefühl des Friedens und der Andacht – war kristallklar, aber irgendwie unzusammenhängend. Als ob ich die emotionalen Erinnerungen von jemand anderem übernommen hätte. Jemand, der sich nicht in einer Million Jahren fragen würde, wie jemand Frieden in einem Symbol finden konnte, das einer Henkersschlinge glich.

„Seth?"

Ich schüttelte den Kopf und drehte mich dann zu Darren um.

Er hob die Augenbrauen. „Alles in Ordnung?"

„Ja." Ich rollte die Schultern unter meinem Hoodie und tat so, als würde ich nicht zu schwitzen anfangen. „Nur, ähm ..." *Wie genau soll ich das erklären?*

„Es gibt kein Weihwasser", sagte er. „Du musst dir also keine Sorgen machen, dass es sprudelt oder schäumt, wenn du vorbeigehst."

Ich lachte. „Nun, das ist immer ein Pluspunkt."

Er schmunzelte, aber seine Stirn war weiterhin in Falten gelegt. „Bist du sicher, dass es dir gut geht?"

Ich schluckte. „Es ist alles okay. Es ist nur ein wenig unwirklich, nach so langer Zeit wieder in einer Kirche zu sein." Ein bisschen unwirklich? Das war eine Untertreibung.

„Daran zweifle ich nicht", sagte er. „Wenn du dir sicher bist, dass es dir gut geht, zeige ich dir alles."

„Klar. Gerne." Ich folgte ihm weiter in die Kirche hinein.

„Es gibt nicht wirklich viel zu sehen. Die Klassenzimmer hinter dem Altarraum wurden zu Schlafsälen umgebaut. Der Pastor und seine Frau leben in der Wohnung dort drüben", er nickte zur linken Seite des Altarraums, „und die Freiwilligen übernachten hier in Schichten, sodass immer mindestens zwei Leute über achtzehn im Haus sind. Und in ungefähr", er schaute auf die Uhr, „einer halben Stunde werden die anderen Freiwilligen hier sein, um das Abendessen für die Jugendlichen zuzubereiten. Nach dem Essen helfen wir ihnen beim Lernen oder bei der Bewerbung für Colleges oder spielen im Altarraum Völkerball."

„Völkerball?" Ich blinzelte. „Im Altarraum?"

„Was? Du hast doch keine Angst, gegen einen Haufen Kinder anzutreten, oder?"

„Pfft. Ich werde den Boden mit ihnen aufwischen."

Darren schenkte mir ein Grinsen. „Daran werde ich denken, wenn ich dir am Ende der Schicht helfe, ein blaues Auge zu kühlen."

Ich lachte. „Wir werden sehen."

Lächelnd bedeutete er mir, ihm zu folgen. „Na schön, schicken wir dich an die Arbeit, bevor du in Schwierigkeiten gerätst."

„Es ist fast beängstigend, wie gut du mich zu kennen scheinst."

Er grinste nur wieder. Und ich verdrängte alle Gedanken daran, wie gut *ich ihn* kennenlernen wollte.

Er nahm mich mit nach hinten und stellte mir einige der Kids vor, die in dem behelfsmäßigen Wohnheim der Kirche untergebracht waren. Es war unheimlich und mehr als nur ein bisschen beunruhigend, all diese Jugendlichen zu sehen – die meisten sechzehn oder siebzehn, einer konnte nicht älter als dreizehn sein –, die im Grunde obdachlos und auf sich allein gestellt waren. In den letzten Jahren hatte es viele Momente gegeben, in denen ich dankbar gewesen war, dass ich an einer Katastrophe vorbeigeschrammt war, da ich, als meine Familie mich verstoßen hatte, ein Erwachsener mit der Möglichkeit war, auf eigenen Füßen zu stehen, auch wenn es einige Mühe kostete. Auch das war einer dieser Momente.

Als sich alle aus den Schlafsälen in Richtung Küche bewegten, bemerkte ich ein Mädchen, das abseits im Altarraum saß, die anderen nicht beachtete und keine Anstalten machte, sich zu ihnen zu gesellen. Ihr Haar war zu einem Pferdeschwanz hochgebunden und ihre Bluse saß auf Schultern, die –

Moment mal.

Die Form der Schultern. Der Mangel an Rundung an den Hüften. Make-up bedeckte eine Kieferpartie, die kantiger war, als ich erwartet hätte. Mein Herz wurde schwer. In diesem Alter sehnten sich die meisten Jungen nach der Zeit, in der sie es rechtfertigen konnten, sich mehr als ein- oder zweimal pro Woche zu rasieren. Dieses arme Mädchen war dieser Zeit weit voraus.

Ich drehte mich zu Darren und deutete auf das Mädchen. „Hey, geht es ihr gut?"

Er seufzte. „Manchmal dauert es eine Weile, bis die Jugendlichen das Gefühl haben, zur Gruppe zu gehören. Sie ist im Moment die einzige Transfrau hier, und ich glaube, sie schämt sich für ihre Stimme."

„Ihre Stimme?"

„Du hast doch auch gedacht, wie furchtbar es war, als wir Teenager waren und unsere Stimme ständig brach?" Er nickte zu ihr. „Stell dir vor, wie das für sie sein muss."

Ich verzog das Gesicht. „Die Arme."

„Sehe ich auch so."

Ich sah zu den Kids hinüber, die in die Küche gingen. Dann zu dem Mädchen, das ganz allein saß. „Hör mal, ähm, kannst du ein paar Minuten ohne mich auskommen?"

Darren drehte sich zu mir um und zuckte mit den Schultern. „Ja, klar. Warum?"

„Ich werde sehen, ob ich mit ihr reden kann."

„Viel Glück", sagte Darren ohne eine Spur von Sarkasmus. „Ich habe es versucht, aber ..."

„Ein Versuch kann nicht schaden."

Er folgte den anderen Teenagern und ich ging zurück zu dem Mädchen. Als ich mich ihr näherte, sagte ich „Hallo" und verfluchte im Stillen meine Befangenheit.

Keine Antwort.

Ich setzte mich neben sie, hielt aber einen Abstand von etwa einem halben Meter zwischen uns. „Geht es dir gut? Du bist furchtbar still."

Sie wandte sich ab, und ich zuckte an ihrer Stelle zusammen, als ihr Adamsapfel hüpfte.

„Wie heißt du?", fragte ich.

Sie schaute mich finster an und zeigte auf das Namensschild an ihrer Bluse.

„Josephine." Ich streckte meine Hand aus. „Ich bin Seth."

Sie nahm meine Hand nicht und wandte stattdessen den Kopf wieder ab.

Ich kaute auf meiner Lippe. „Weißt du, da ist ...“

„Ich will mit niemandem reden, klar?“, fauchte sie und ihre Wangen röteten sich sofort unter ihrer Schminke. Darren hatte Recht: Ihre Stimme war in dieser Schwebe zwischen der eines Jungen und der einer Frau gefangen, nicht ganz aus dem höheren Register von Ersterem heraus, aber wirklich bemüht, in ein Register zu sinken, das für Letzteres zu tief war. Nichts sabotierte den Versuch, eine weibliche Sprechstimme zu beherrschen, so sehr wie dieses Miststück namens Pubertät.

Josephine presste die Kiefer zusammen.

„Hör zu, ähm ...“ Ich räusperte mich. „Vielleicht kann ich dir mit deiner Stimme helfen.“

Sie sagte nichts.

„Es gibt eine Gesangslehrerin an der Tucker University“, sagte ich. „Sie kann mit dir arbeiten.“

„Ich will nicht singen lernen“, knurrte sie. „Ich will nur reden, ohne dass ...“ Ihre Stimme brach und sie machte eine frustrierte Geste zu ihrem Hals.

Ich nickte. „Ja, aber sie kann dir helfen, Kontrolle zu lernen.“

Josephine runzelte die Stirn, aber die Anspannung in ihren Schultern ließ nach. „Funktioniert ... funktioniert das wirklich?“

„Es hilft.“ Ich lächelte. „Eine Freundin von mir nahm Gesangsunterricht, als sie sich in der Transition befand, und wurde schließlich Leadsängerin in einer Metal-Band.“

Zum ersten Mal, seit ich sie gesehen hatte, ließ die Feindseligkeit in Josephines Gesicht etwas nach. „Ehrlich?“

„Ja. Sie war verdammt gut. Und sie war wandlungsfähig

und konnte einige der tieferen Töne treffen, was sie zu einer erstaunlichen Musikerin machte."

„Und sie ..." Josephine zögerte und drehte sich leicht, sodass sie mir zugewandt war. „Sie ist durchgegangen? Als Frau, meine ich?"

„Um ehrlich zu sein, wusste ich nicht einmal, dass sie als Mann geboren worden war, bis ich ein gutes halbes Jahr später in ihre Band kam."

Sie zog die Nase kraus. „Du bist in einer Band?" Dann starrte sie auf meine Arme. „Ich schätze, das passt irgendwie zu dir."

„Soll ich das als Kompliment auffassen?"

Sie brachte ein Lachen zustande, wenngleich ein leises. „Schon. Bist du in einer dieser christlichen Metal-Bands oder so?"

„Äh, nein." Ich schmunzelte. „Ich glaube nicht, dass sie mich lange in einer christlichen Band bleiben lassen würden."

„Warum nicht?"

„Eine Voraussetzung für eine solche Band ist ..." Meine Zähne knallten aufeinander, als ich mich, ein bisschen zu spät, daran erinnerte, wo ich war. „Ähm, nun ja ..."

„Ich dachte, die einzige Voraussetzung sei, dass man ein schlechter Musiker ist."

Ich lachte. „Okay, das ist die eine Sache. Aber man muss auch Christ sein."

Josephine blinzelte. „Du bist ... keiner?"

Ich schüttelte den Kopf. „Ich bin Atheist. Und das schon seit langer Zeit."

„Ach ja?" Sie sah zu mir auf. „Warum bist du dann hier?"

„Weil das, was dir und der Hälfte der Teenies hier passiert ist", sagte ich, „auch mir passiert ist."

„Wirklich?"

Ich nickte. „Meine Eltern haben herausgefunden, dass ich schwul bin, und mich verstoßen."

„Aber das ist eine Kirche."

„Ich weiß. Aber Darren – Pastor Romero, meine ich – und ich sind Freunde." Nur Freunde. Nur. Freunde. „Er hat gesagt, sie bräuchten hier etwas Hilfe, also ..."

„Oh." Sie war einen Moment lang still. „Deine Eltern haben dich also auch verstoßen?"

Ich nickte. „Ich habe seit Jahren nicht mehr mit ihnen geredet."

„Was ist passiert?"

Ich unterdrückte das flaue Gefühl, das sich immer einstellte, wenn ich diese Geschichte wiederholte. „Ich bin in Los Angeles aufgewachsen. Meine Eltern waren eingefleischte Christen. Wie ... wirklich eingefleischt. Also wurde ich auch so erzogen, und es war eine dieser verrückten, extremistischen Kirchen. Nicht so wie hier." Ich deutete mit einer Hand auf unsere Umgebung. „Ich glaube, dieses ganze Gebäude könnte in eine Toilettenkabine der anderen Kirche passen."

Josephine lachte. „Niemals."

„Glaub mir. Wie auch immer, ich war hier in Tucker Springs, um aufs College zu gehen. Meine Eltern zahlten für alles, also lebte ich den Traum. Ich studierte, spielte in ein oder zwei Bands und ging auf Partys, sonst hatte ich nichts zu tun. Ich musste mir keine Sorgen um einen Job oder so machen." Ich holte tief Luft. Diesen Teil zu sagen, wurde nie viel einfacher. „Und dann habe ich mich vor meinen Eltern geoutet."

Josephines Augen weiteten sich. „Was haben sie getan?"

„Sie flogen mit unserem Pastor und meinen Pateneltern

ein und versuchten, mich zurück nach L. A. zu schaffen. Sie wollten mich in eines dieser Programme zwingen, die einen heterosexuell machen. Du weißt, wovon ich rede?"

Sie erschauderte. „Ja."

„Nun, glücklicherweise konnten sie das nicht, da ich volljährig war. Das hielt sie nicht davon ab, es zu versuchen, aber ... tja. Und dann drehten sie mir komplett den Geldhahn zu. Sie strichen mir die Studiengebühren, schlossen mein Bankkonto, kündigten meine Kreditkarten, nahmen mein Auto zurück, das ganze Programm. Ich musste fast über Nacht auf eigenen Füßen stehen, ohne wirkliche Arbeitserfahrung und mit absolut nichts in der Tasche." Ich machte eine Pause. „Und das Schlimmste daran? Sie sagten mir, solange ich schwul sei, sei ich nicht ihr Sohn, und seitdem habe ich nichts mehr von ihnen gehört."

„Wie lange ist das her?"

„Es ist ..." Ich zählte im Kopf nach. „Mann, das ist jetzt schon einige Jahre her."

„Und seitdem hast du nicht mehr mit ihnen geredet?" Ein Hauch von Enttäuschung schlich sich in ihren Tonfall. „Gar nicht?"

„Nein."

„Aber du bist auf die Beine gekommen?" Josephine hielt jetzt meinen Blick fest, als ob sie etwas in meinem Gesichtsausdruck suchte. „Ich meine, du hast es geschafft? Selbst nachdem sie dir jede Unterstützung gestrichen haben?"

„Ja. Eine Zeit lang war es hart. Ich habe oft auf der Couch von Freunden geschlafen, und glaub mir, es gibt niemanden auf der Welt, der mehr Möglichkeiten kennt, Nudeln zuzubereiten. Aber ich habe mein Leben auf die Reihe bekommen."

Sie war einen Moment lang still. Dann sprach sie so

leise, dass ich sie fast nicht hören konnte, und fragte: „Vermisst du sie?"

„Manchmal. Ich vermisse es, Teil einer Familie zu sein, aber um ehrlich zu sein? Je länger ich von ihnen weg war, desto mehr habe ich mich damit abgefunden."

Josephine schluckte, dann senkte sie den Blick. „Wie versöhnt man sich mit seiner Familie, die einen rausgeworfen hat?"

„Nun, überleg einfach mal." Ich blieb mit meinem Ton so sanft wie möglich. „Würdest du mit jemandem befreundet sein wollen, der denkt, dass du weniger als ein Mensch bist oder dass du es nicht wert bist, geliebt zu werden?"

Sie runzelte die Stirn.

„Es ist so, wie wenn man mit jemandem Schluss macht", sagte ich. „Es ist ätzend und tut weh, und es dauert eine Weile, bis man darüber hinweg ist, aber dann wird einem eines Tages klar, dass man ohne diese Person in seinem Leben besser dran ist. Das macht es nicht einfach und es hört nicht auf wehzutun, aber es wird besser."

Josephine sagte einen langen Moment nichts. Ich war mir nicht sicher, ob ich weiterreden oder sie einfach alles verdauen lassen sollte, aber ich war mir auch nicht sicher, was ich sagen konnte.

Nach einer Weile fragte sie: „Und was machst du jetzt? Bist du einfach nur Musiker?"

„Nein, ich spiele nur zum Spaß in Bands. Das war nie mein Ding und im Moment bin ich nicht mal in einer Band. Mein Job", ich deutete auf meinen tätowierten linken Arm, „sind Tattoos."

„Wirklich? Du bist also Atheist und tätowierst Leute für deinen Lebensunterhalt, während du in Rockbands spielst, aber du bist ..." Sie schaute sich um. „Hier?"

„Das kannst du glauben." Ich zeigte hinter uns in Richtung der Küche, wo alle anderen Jugendlichen hingegangen waren. „All diese Kids sitzen im selben Boot wie du, und als ich vor ein paar Jahren ganz auf mich allein gestellt war, hätte ich meinen rechten Arm für einen Ort wie diesen gegeben."

„Sogar in einer Kirche?"

„Es spielte keine Rolle, wo. Ich brauchte nur Leute. Du weißt schon, jemanden, der mich noch wie einen Menschen behandelte."

Josephines Schultern sanken unter ihrer Bluse. Sie verschränkte die Arme, lehnte sich nach vorne und stützte sie auf ihre Beine. „Ich vermisse meine Familie sehr."

„Das weiß ich. Manchmal vermisse ich meine immer noch. Aber wenn sie denken, dass du nicht gut genug für sie bist, dann ... sind sie nicht gut genug für dich."

„Aber wie kann man ohne Familie leben?"

„Es gibt nicht nur die Familie. Es gibt auch Freunde. Ich kannte keine Menschenseele in Tucker Springs, als ich hierherkam, aber jetzt habe ich hier einen Haufen toller Freunde. Einer meiner Kumpel aus der Kirche, in der ich aufgewachsen bin, ist sogar vor einiger Zeit hergezogen und wohnt jetzt mit einem meiner besten Freunde zusammen." Ich machte eine Pause. „Und weißt du, manchmal hat es auch Vorteile, wenn man seine Familie nicht um sich hat."

„Wie meinst du das?"

Ich schenkte ihr ein vorsichtiges Grinsen. „Nun, zum einen musst du die Feiertage nicht mit Leuten verbringen, die du nicht magst."

Josephine lachte, aber dann brach ihre Stimme, und sie schlug sich eine Hand vor den Mund, während ihre Wangen rot wurden. „Verdammt noch mal."

„Ist schon gut. Ich sage dir, meine Freundin kann dir dabei helfen. Hier." Ich kramte eine alte Tankquittung aus meiner Brieftasche und schrieb die Telefonnummer von Diana auf die Rückseite. „Ruf sie an und sag ihr, dass du Seth Wheeler kennst. Und mach dir keine Sorgen über die Bezahlung der Stunden. Sie und ich werden uns schon etwas einfallen lassen."

Sie lächelte, faltete die Quittung zusammen und steckte sie in ihre Handtasche. „Danke. Und danke, dass du mit mir geredet hast."

„Jederzeit." Ich gestikulierte über meine Schulter in Richtung Küche. „Warum sehen wir nicht zu, dass wir dir etwas zu essen besorgen? Es sieht so aus, als würden sie diesen Ort bald in ein Völkerballfeld verwandeln."

Wir standen auf, und als ich mich umdrehte, stand Darren da und starrte mich mit offenem Mund an. Josephine ging an ihm vorbei, und er sah ihr nach und blinzelte ein paar Mal.

„Was?", fragte ich.

„Das ..." Er schüttelte den Kopf. „Ich weiß nicht, was du getan hast, aber ..."

„Es hat funktioniert."

„Ja, hat es." Er hielt meinen Blick fest. „Ich sollte nicht so überrascht sein, dass du gut mit Teenagern umgehen kannst, aber ..."

„Ich weiß einfach, wie sie sich fühlt."

„Nun, du kannst jederzeit herkommen", sagte er. „Diese Kids könnten jemanden wie dich gut gebrauchen."

Ich lächelte. „Das würde ich gerne tun."

„Danke."

Eigentlich hätten wir den Blickkontakt abbrechen und in die Küche gehen müssen. Das taten wir aber nicht und nun begann mein Herz, seltsame Dinge zu tun.

Ich räusperte mich. „Du bist, ähm, sicher, dass du einen Atheisten die ganze Zeit hier haben willst?"

„Ich will, dass *du* die ganze Zeit hier bist."

Diese Aussage ließ mich zusammenzucken. Ich brauchte einen Moment, um zu begreifen, dass er meinte, er wollte mich hier haben, um ihm bei der Arbeit mit den Jugendlichen zu helfen. Richtig?

Ich zwang mich zu einem Grinsen. „Gehört das zu dieser ganzen *Liebe deinen Feind*-Sache?"

Darren runzelte die Stirn. „Du bist nicht der Feind, Seth."

Und wir sahen uns weiter an.

Mein Herz hämmerte. Das war weder der richtige Zeitpunkt noch der richtige Ort. Und Darren? Ich konnte nicht. Ich konnte einfach …

„Nun, ich bin jetzt nicht dein Feind", sagte ich. „Aber wir werden sehen, was passiert, wenn wir beim Völkerball auf verschiedenen Seiten stehen."

„Ach wirklich? Ich habe viel mehr Übung als du, weißt du."

Ich klopfte ihm auf die Schulter und wir gingen in Richtung Küche. „Ich denke, wir werden schon sehen, ob dir das geholfen hat. Ich meine, so lange du keine Angst hast."

„Angst?" Darren hob eine Augenbraue. „Dann mal los."

„Ich kann nicht glauben, dass er mir den Ball direkt ins Gesicht geknallt hat." Ich rieb mir die empfindliche Stelle oberhalb meines Wangenknochens.

Darren lachte, als er mir die Treppe zu unseren Wohnungen hinauffolgte. „Ich hab's dir doch gesagt, oder?"

„Ich dachte, du machst Witze."

„Ich scherze nie, wenn es um Völkerball geht." Er machte eine Pause. „Und ich möchte diese Gelegenheit nutzen, um dir aus tiefstem Herzen dafür zu danken, dass du meinen Kids ein paar neue Vokabeln beigebracht hast."

Ich versuchte nicht einmal, verlegen zu wirken, als ich über meine Schulter schaute. „Glaubst du wirklich, dass sie so etwas noch nie gehört haben?"

„Ich bin sicher, das haben sie. Aber wahrscheinlich nicht in einem Altarraum."

„Okay, gutes Argument."

Wir blieben im Flur zwischen unseren Wohnungen stehen. Sofort machte sich Unbehaglichkeit breit. Irgendetwas hatte dieser Ort anscheinend an sich. Es fühlte sich immer so an, als ob wir in einem neutralen Raum schwebten, als ob dieser Korridor eine Art Vorhölle wäre. Ständig war da dieses Gefühl, dass wir an einem Scheideweg standen.

Darren räusperte sich. „Ich weiß, ich habe es schon mal erwähnt, aber was du für Josephine getan hast, das war … das war wirklich toll."

„Ja, nun. Ich weiß nicht, ob ich viel für ihren Glauben getan habe. Tut mir leid."

„Im Moment ist mir das egal." Darren kratzte sich im Nacken. „Ich soll ihr sagen, dass sie an Jesus glauben soll, aber so wie Josephine die Dinge im Moment sieht, ist dieser Glaube der Grund, warum sie in diesem Schlamassel steckt. Was sie jetzt braucht, ist ein Dach über dem Kopf, Essen in ihrem Mund und Menschen, die sie nicht auf die Straße werfen." Er atmete aus und ließ seine Hand sinken. „Daher ist das der Teil, um den ich mich kümmere."

„Sieht aus, als bekäme sie die Chance auf einen guten Neuanfang. Bei allem, was ihr so macht."

„Wir geben unser Bestes. Und ich weiß es wirklich zu schätzen, dass du heute Abend hergekommen bist. Ich glaube, du bist genau das, was diese Kids brauchen." Ein schwaches Lächeln umspielte seine Mundwinkel. „Auch wenn eine Kirche nicht gerade dein liebster Ort auf dieser Welt ist."

Ich zuckte mit den Schultern. „Nun, diese ist ganz anders als die anderen, in denen ich war. Und auch ..." *Du. Du bist das genaue Gegenteil von dem, was ich kenne. Das solltest du nicht sein. Du solltest nicht* existieren. Ich wippte auf den Fußballen und versuchte, etwas mit dieser ganzen nervösen Energie anzufangen. „Du bist nicht wie andere Pastoren, die ich kenne."

„Das war ich einmal", sagte er leise.

Ich hörte auf, mich zu bewegen. „Wirklich?"

Darren nickte und lehnte sich gegen seinen Türrahmen. „Ich habe dir doch gesagt, dass ich aus einer Missionarsfamilie stamme. Als ich jünger war, war ich ein eingefleischter Evangelist."

„Was hat sich geändert?"

„Ich habe zwei Jahre in Niger und Malawi verbracht."

„Missionsarbeit?"

„Ja, aber es war keine dieser *Fahr hin und bekehr die Eingeborenen*-Sachen." Er bewegte sich ein wenig, die Schulter immer noch gegen den Türrahmen gepresst. „Ich meine, das war es, aber wir haben diesem Dorf auch geholfen, nach einem der Bürgerkriege wieder auf die Beine zu kommen. Wir haben ein paar Brunnen gebaut und solche Sachen."

„Also eine Art Arbeit, wie das Friedenskorps sie macht."

„So könnte man es nennen." Seine Augen verloren an Fokus. „Und es ist eine andere Welt da drüben, weißt du?

Menschen sterben an Dingen, über die wir nicht einmal mehr nachdenken." Er schluckte und es sah so aus, als würde ein Schauer durch ihn laufen. „Ich werde nie diesen Jungen vergessen, den ich dort getroffen habe. Als er acht Jahre alt war, konnte er schon mit einer AK-47 umgehen und hatte geholfen, den größten Teil seiner Familie zu begraben, aber er hatte noch nie sauberes Wasser getrunken."

„Oh Mann." Ich schluckte. „Das kann ich mir gar nicht vorstellen."

„Nein, das kannst du definitiv nicht, wenn du es nicht gesehen hast." Darren erschauderte. „Jedenfalls redeten einige der Leute, mit denen ich unterwegs war, eines Abends darüber, wie gesegnet wir alle seien. Als sie diese Dritte-Welt-Zustände sahen, wurde ihnen klar, wie sehr Gott uns segnet und wie gut er ist." Seine Lippen spannten sich für einen Moment an und er sah mir in die Augen. „Und die ganze Zeit, während sie sich unterhielten, konnte ich nur an diesen Jungen denken. Ich bin über alle Maßen gesegnet, aber was ist mit ihm?"

„Wow. Das muss erschütternd gewesen sein." Und wahrscheinlich hätte es mir den Glauben geraubt, wenn ich noch gläubig gewesen wäre.

„War es. Und es hat mich verändert. Das hat es wirklich. Ich glaube natürlich, dass Gott gut ist, und ich bin sicherlich gesegnet, aber wenn ich Menschen in solchen Lebensumständen sehe, denke ich nicht daran, wie gut Gott mein Leben im Vergleich dazu gemacht hat. Was ich sehe, ist all die Arbeit, die wir füreinander tun müssen, verstehst du? Ich bin immer noch bestrebt, das Evangelium mit den Menschen zu teilen, aber ich glaube, ich bin mehr wie ..." Er senkte den Blick und Farbe stieg ihm in die Wangen.

„Wie was?"

Darren lachte leise. „Ich schätze, ein biblisches Gleichnis ist nicht wirklich das, was du hören willst."

Ich zuckte mit den Schultern. „Ich weiß nicht. Ich erkenne den Wert vieler dieser Geschichten. Versuch es."

„Nun, du kennst sicher die Geschichte vom barmherzigen Samariter. Und besonders nach dem, was ich während meiner Missionsarbeit gesehen habe, finde ich, dass jemand, der hungert oder obdachlos ist oder leidet, nicht so sehr geneigt ist zuzuhören wie jemand, der Essen und ein Dach über dem Kopf hat. Also nehme ich an ..." Er sah mir einen Moment lang in die Augen. „Ich habe irgendwie das Gefühl, Gott hat mich dazu berufen, die Menschen am Straßenrand zu versorgen und den Rest Jesus Christus zu überlassen."

„Das ist ..." Ich atmete aus. „Das ist eine erfrischende Abwechslung zu dem, was ich gewohnt bin, glaub mir."

Und da war er: dieser Blickkontakt, der anhielt, einfach nicht abbrach und mich zu ihm zu ziehen schien. Ich hatte keine Ahnung, was ich in diesem Moment sagen sollte. Nichts, was nicht peinlich klang oder herauskommen würde als *Du klingst fast gut genug, um mit dir zusammen zu sein, aber fick dich dafür, ein Christ zu sein.* Denn er war nicht die Art von Christ, die mir Angst machte. Er war Darren und er war unglaublich und ich starrte ihn an.

Ich unterdrückte ein Husten und versuchte, woanders hinzuschauen, zumindest, bis ich mich wieder im Griff hatte, aber mein Blick kehrte sofort wieder zu ihm zurück.

„Das passiert immer wieder", sagte er fast flüsternd.

Ich schluckte. „Was?"

„Immer wenn wir hier sind", er deutete auf den engen Flur, „scheinen wir nicht in der Lage zu sein, uns einfach eine gute Nacht zu wünschen."

„Nun, wenn man bedenkt, wie unsere Abende ein paar

Mal geendet sind, sind wir vielleicht einfach aus der Übung. Darin, einfach wegzugehen."

Darren nickte langsam. „Oder vielleicht bedeutet es, dass wir nicht weiter versuchen sollten wegzugehen."

Die ganze Welt kippte unter mir. „Wir ..."

Er stieß sich vom Türrahmen ab und trat näher an mich heran, was meinen Herzschlag in die Höhe trieb. „Seth, du und ich sind gar nicht so verschieden. Wir glauben an verschiedene Dinge, aber wir sind nur zwei Männer. Und ich glaube, in mancher Hinsicht wollen wir das Gleiche."

„Wir wollen das Gleiche? Was zum Beispiel?"

„Sag du es mir." Er beugte sich zu mir und als seine warmen Fingerspitzen über meinen Bartstoppeln strichen, verflüssigte sich mein Rückgrat. Seine Lippen berührten meine und ich schlang die Arme um ihn.

„Solltest du das tun?", fragte ich.

„Ich tue es nicht allein." Sein Atem wärmte meine Gesichtshälfte. „Wir tun es."

„Du weißt, was ich meine."

Darren nahm den Kopf zurück und sah mir in die Augen. „Ja, und ganz ehrlich, ich kann mir nicht einreden, dass daran etwas falsch ist."

In diesem Moment konnte ich das auch nicht.

KAPITEL 11

Mitten in einem Kuss schaffte ich, meinen Hausschlüssel in meiner Tasche zu finden, und murmelte: „Wir sollten reingehen."

Darren nickte, zog sich ein wenig zurück und leckte sich über die Lippen. „Je früher, desto besser."

Oh, verdammt. Mit dem Hunger in seinen Augen war ich halb versucht zu sehen, mit wie viel wir mit genau hier zwischen unseren Wohnungen durchkommen würden. Aber das Gleitgel und die Kondome, die ich für das, was ich wirklich wollte, brauchte, waren in meinem Schlafzimmer, also schloss ich fluchend und zitternd meine Tür auf und ließ uns hinein.

Auf halbem Weg durch den kurzen Flur konnte ich nicht länger warten und drehte mich um, und wir gingen vom Gehen zum Küssen über, als wäre das der nächste logische Schritt.

Das war nicht die Art, wie wir uns zuvor geküsst hatten. Es war anders. Langsamer. Ruhiger. Keiner drückte irgendjemanden gegen irgendetwas. Die Hände waren sanft und jede Bewegung war träge, die Lippen bewegten sich aufeinander, als wollten wir den Geschmack auskosten. Wir hatten es immer so eilig gehabt. Diesmal war die Dringlichkeit nicht geringer, aber das Bedürfnis, sich zu beeilen, hatte sich abgekühlt, so als müssten wir uns nicht mehr hetzen, um an unser Ziel zu kommen, weil wir schon dort waren.

Darrens Lippen lösten sich von meinen und er flüsterte: „Wir sind beide noch verschwitzt vom Völkerball. Vielleicht ..."

„Vielleicht sollten wir duschen gehen."

„Ja." Seine Lippe streifte federleicht über meine. „Genau."

„Gute Idee." Ich fuhr mit den Fingern durch sein Haar. „Wir gehen gleich ins Bad." Ein leichter Kuss. Noch einer. „In einer Minute."

Darren schien es nicht zu stören. Er zog mich näher an sich heran, seine Finger gruben sich durch meine Klamotten in meine Haut und meine Knie zitterten, als ich mich einem Kuss hingab, der immer fordernder wurde.

„Fuck." Ich rang um Atem. „Okay. Was diese Dusche angeht ..." Ich zog ihn einen Schritt in Richtung Badezimmer. „Wir sollten das in Angriff nehmen. Und zwar sofort."

Er lachte. „Gute Idee."

In der Dusche bekamen wir gerade mal Seife auf die Hände und dann lagen wir uns wieder in den Armen. Rutschige Hände fuhren über nasse Haut. Unsere Körper waren glitschig, heiß und pressten sich unter dem Wasser aneinander, während wir miteinander rummachten, als hätten wir die ganze Nacht Zeit, uns gegenseitig anzuturnen.

Dann drehte sich Darren zum Wasser um. Die scharfen schwarzen Linien und Buchstaben zwischen seinen Schulterblättern ließen etwas tief in meinen Eingeweiden erwachen. Sofort versuchten die Bedenken jener Nacht wieder aufzutauchen, aber ich ließ nicht zu, dass sie diesen Moment ruinierten. Bedauern und Vorbehalte konnten bis morgen früh warten. Heute Nacht gehörte Darren mir.

Ich schlang die Arme um ihn und drückte meine Lippen auf die Seite seines Halses. „Mein Gott, ich will dich so sehr."

Darren stöhnte und rieb den Hintern an meinem Schwanz, seine Haut glitschig und heiß von Seife und Wasser. Ich konnte kaum denken, überwältigt von dieser langsamen Pantomime, dieser Parodie von allem, was ich mit ihm machen wollte. Ich wollte ihn einfach berühren, unsere Körper so nah beieinander, aber ich wollte auch tief in ihm drin sein. Verdammt sei das Bedürfnis nach Gleitgel und Gummis, denn ich hätte meine Seele verkauft, um ihn einfach vögeln zu können. Genau hier, genau jetzt.

„Du willst, dass ich dich ficke, nicht wahr?", knurrte ich in sein Ohr.

Darren wimmerte und drückte sich an mich.

Ich küsste ihn knapp unterhalb des Kiefers. „Nicht wahr?"

„Ja. Wir sollten ... Schlafzimmer."

„Mm, die Idee gefällt mir." Ich ließ eine Hand über seine Hüfte gleiten und strich mit den Fingerspitzen absichtlich über seinen Schwanz. „Aber das hier gefällt mir auch."

Er stöhnte und rieb sich an mir. „Seth ..."

„Hm?"

„Schlafzimmer."

Die Eindringlichkeit dieses einen Wortes ließ mich fast kommen. Ich atmete an seinem Hals aus, küsste seinen Nacken und flüsterte: „Dann los."

Wir spülten schnell die Seife ab, trockneten uns ab – flüchtig – und liefen dann in mein Schlafzimmer.

Das war wieder der Kuss, den ich kannte: atemlos, fordernd, mit zupackenden Händen. Finger fuhren durch nasses Haar. Sein harter Schwanz drückte gegen meinen. Ich fluchte zwischen den Küssen, und ab und zu war ich mir sicher, dass er das auch tat, und dann fielen wir aufs Bett und ...

„Warte!" Er setzte sich wieder auf und schnitt eine Grimasse.

„Was? Was ist los?"

Er zuckte zusammen. „Die Tätowierung ist immer noch ein bisschen empfindlich."

„Scheiße. Tut mir leid."

„Mach dir keine Gedanken. Es bedeutet nur, dass ich ..." Er überrumpelte mich, drehte mich auf den Rücken und setzte sich mit gespreizten Beinen auf mich. „... dass ich oben bin."

Alle Luft verließ meine Lunge auf einmal. „Du ... du wirst mich keinen Einspruch erheben hören."

„Ausgezeichnet." Er beugte sich herunter und küsste mich schnell. „Kondome?"

Oh Gott! Ich liebe es so sehr, wenn du das Kommando übernimmst.

Ich befeuchtete meine Lippen und deutete auf den Nachttisch. Er holte die Utensilien aus der Schublade. Gott sei Dank hatte ich in der ersten Nacht ein paar Kondome und eine halb leere Tube Gleitgel hiergelassen, denn es war einfach keine Zeit, sie aus Darrens Wohnung zu holen.

Während er das Kondom auf meinen Schwanz rollte, sagte ich: „Du hast gerne das Sagen, nicht wahr?"

Er grinste auf mich herunter. „Ich glaube, du magst es, wenn ich das Sagen habe."

Ich leckte mir erneut über die Lippen. „Das werde ich nicht bestreiten."

„Hab ich auch nicht gedacht." Er goss etwas Gleitgel auf seine Hand. Keiner von uns beiden sagte etwas. So kurz davor, ihn zu ficken, war ich zu erregt für Wortgefechte. Zum Teufel, um überhaupt irgendein Wort herauszubringen.

Darren legte die Tube beiseite, und mein ganzer Körper kribbelte vor Vorfreude, als er das Becken anhob. Ich stützte meinen Schwanz mit einer Hand, seine Hüfte mit der anderen, und wir hielten beide den Atem an, als er sich auf mich sinken ließ. Ich schloss die Augen und grub die Zähne in die Unterlippe, als er mich Stück für Stück aufnahm. Heilige Scheiße, er fühlte sich unglaublich an. Die Enge, die glitschige Hitze zusammen mit den Auf- und Ab-Bewegungen brachten mich um meinen verdammten Verstand.

Ich streckte den Arm aus, um ihn zu mir herunterzuziehen, aber er packte meine Handgelenke und drückte sie aufs Bett. Ich wusste, dass er gerne die Kontrolle übernahm, aber es überraschte mich trotzdem. Und erregte mich über alle Maßen. Die Hände zu nutzlosen Fäusten geballt, die Fersen gegen das Bett gestemmt, stieß ich nach oben, im Gleichklang mit seinem Rhythmus, und zwang mich tiefer in ihn.

Er beugte sich über mich, blieb aber knapp außerhalb der Reichweite meiner Lippen, und hielt meinen Blick fest, verweigerte mir aber einen Kuss. Ich war völlig gefesselt. Völlig seiner Gnade ausgeliefert.

„Darauf habe ich mich so sehr gefreut", flüsterte er. „Jedes Mal, wenn ich dich sehe, dann will ich ..." Ein leises Stöhnen entwich ihm.

Ich schaffte es, eine Hand frei zu bekommen, und griff zwischen uns, um ihn zu streicheln. Er keuchte, warf den Kopf zurück und ritt mich ein wenig schneller.

„Gefällt dir das?", fragte ich.

„Oh ja."

Unsere Blicke trafen sich, wie immer. Wir hielten den Blick des anderen fest, blinzelten kaum, und selbst als meine Augen versuchten zu tränen, konnte ich nirgendwo anders hinschauen als direkt auf ihn. Ihn einfach nur zu betrachten, zu sehen, wie seine Haut sich rötete und die Sehnen an seinem Hals hervortraten, während er immer schneller wurde, machte mich fast so verrückt, wie ihn zu ficken. Jeder Stoß brachte mich dem Orgasmus näher, sowohl durch seinen Anblick als auch durch die glitschige, heiße Bewegung meines Schwanzes, der sich in ihn hinein und heraus bewegte.

Darren schloss die Augen. Sein Schwanz wurde in meiner Hand noch steifer. Ich pumpte ihn schneller. Er ritt mich härter, und als er kam, benetzte sein Sperma meine Hand und machte meinen Griff nass und heiß, und ich verlor die Beherrschung. Ich fluchte und ächzte und stieß nach oben, um so weit wie möglich in ihn einzudringen, und wir erzitterten beide und verloren uns ineinander.

Sein Becken hörte auf, sich zu bewegen. Meine Hand hörte auf, sich zu bewegen. Darren erschauerte ein letztes Mal. Als er sich auf mich fallen ließ, schlang ich die Arme um ihn und suchte seine Lippen mit meinen. Wir keuchten beide. Bebten beide. Waren beide verschwitzt, zittrig und atmeten zu schwer, um uns zu küssen, aber wir taten es trotzdem.

Er löste sich von mir. „Das war heiß."

„Ja, war es", flüsterte ich. Fast hätte ich noch hinzugefügt: *„Es ist immer heiß, wenn wir zusammen sind"*, aber ich wagte es nicht.

Also küsste ich ihn einfach wieder.

Das Schweigen nach dem Sex mit Darren wurde immer schnell unangenehm, also gaben wir der peinlichen Stille keine Chance, sich auszubreiten. Sobald wir uns so weit beruhigt hatten, dass wir uns küssen konnten, ohne das Bewusstsein zu verlieren, knutschten wir, bis wir beide wieder erregt waren. Nach einer zweiten Runde duschten wir noch einmal, was zu einem dritten Durchgang führte, der uns beide völlig erschöpfte. Danach schliefen wir ein.

Das sparte die Peinlichkeiten bis zum Morgen danach auf.

Halb bekleidet und barfuß klammerten wir uns an unsere Kaffeetassen. Die Küchen in diesen Wohnungen waren verdammt klein, und wir hatten uns beide mit dem Rücken an die beiden gegenüberliegenden Anrichten gelehnt, als könnten wir die Schränke auseinanderschieben und ein paar Zentimeter mehr zwischen uns entstehen lassen.

Dieselbe Scheiße, ein anderer Morgen. Ich hatte keine Ahnung, was ich sagen sollte. Unruhe ließ mich mein Gewicht verlagern und versuchen, eine Energie loszuwerden, die sich durch nichts anderes befriedigen ließ, als wie der Teufel aus diesem Raum zu rennen.

Nur waren wir dieses Mal in meiner Wohnung. Es gab keinen schnellen, höflichen Abgang, der mich nicht wie ein komplettes Arschloch aussehen lassen würde.

Darren wusch seine leere Kaffeetasse aus und stellte sie in die Spüle. „Ich sollte wohl besser gehen."

„Ich denke, ich sollte auch in die Gänge kommen", sagte ich. „Ich muss noch ein paar Dinge im Laden erledigen, bevor ich öffne."

„Keine Ruhe für die Geplagten, hab ich recht?"

Ich lachte und er schenkte mir ein kurzes Grinsen, das mein Gleichgewicht und meinen Blutdruck durcheinanderbrachte. Dann verließ er den Raum und überließ mich meinem Herzschlag und meinem sich drehenden Kopf, während er in mein Schlafzimmer ging, um, wie ich annahm, den Rest seiner Klamotten zu holen.

Ich rieb mir mit den Fingern über die Schläfen. Gott, ich hatte keine Ahnung, was ich tun sollte. Es war ein Verbrechen gegen die Menschheit, dass Sex, der so heiß war – war Darren überhaupt in der Lage, im Bett „meh" zu sein? –, ein solches Gewicht mit sich herumschleppen musste.

Aber irgendetwas musste sich ändern. Wir konnten dieses Spiel nicht ewig weiterspielen.

Seine Schritte ließen meinen Herzschlag erneut in die Höhe schnellen. Komisch, wie ein und derselbe Mann meinen Blutdruck vor Erregung oder vor Nervosität in die Höhe treiben konnte, je nachdem, wie spät es war und wie lange es her war, dass wir gevögelt hatten.

Angezogen und bereit zum Aufbruch kehrte er in die Küche zurück, und wir gingen schweigend zu meiner Tür. Er griff nach dem Türknauf, zögerte aber. Zeit für den peinlichen Smalltalk, ja?

„Ich werde, ähm ..." Er hielt inne und ließ den Blick sinken.

Die Luft zwischen uns pulsierte mit etwas Unausgesprochenem. Ich wagte nicht zu fragen, was ihm durch den Kopf ging. Ich hatte zu viel Angst, es zu hören.

„Seth." Er sah mir direkt in die Augen. „Wir müssen reden."

Mir drehte sich der Magen um. „Okay. Lass uns, ähm, lass uns reden."

Er steckte die Daumen in die Taschen seiner Jeans und lehnte sich an die Tür. „Was genau machen wir hier?"

Mist. Jetzt geht's los.

„Ähm, na ja ..." Ich kratzte mich im Nacken. „Um ehrlich zu sein, bin ich mir nicht sicher."

„Ich auch nicht." Er verlagerte das Gewicht. Dann noch einmal, aufs andere Bein. „Hör zu, ich bin nicht auf eine langfristige Bindung aus oder so. Versteh mich nicht falsch. Aber ich habe keine Lust mehr auf dieses Jo-Jo-Ding. Wir können die Finger nicht voneinander lassen und dann schlafen wir miteinander und dann ist es peinlich und ..." Er atmete schwer aus. „Und wir wechseln immer wieder von ‚nur Freunde und Nachbarn' dazu, uns gegenseitig ins Bett zu zerren."

Ich konnte ihm nicht ins Gesicht schauen. Reden kam nicht in Frage.

„Ich werde dieses Spiel nicht weiter spielen und nur eine Reihe von One-Night-Stands haben." Er machte ein paar lange Sekunden eine Pause. „Ich werde dich nicht zu etwas drängen, das du nicht willst, aber ehrlich gesagt glaube ich dir nicht, wenn du sagst, dass du es nicht willst."

Ich stieß ein leises, nervöses Lachen hervor. „Hast du nicht mal gesagt, dass du kein aggressiver Typ bist?"

„Bei den meisten Leuten bin ich das nicht. Aber ich habe dir gesagt, dass es anders ist, wenn ich etwas sehe, das *ich* will."

Ich sah ihn an und schluckte.

Er kam näher und sein Tonfall wurde weicher. „Warum kämpfen wir ständig so hart dagegen an?"

„Ich ..." *Ich kann nicht mit jemandem wie dir zusammen sein, egal wie sehr ich dich will?* „Ich hab's dir schon gesagt. Ich bin zurzeit nicht in der Verfassung für eine Beziehung."

„Okay. Das kann ich akzeptieren. Aber ..." Er hielt meinen Blick so intensiv fest, dass es irritierend war. „Was bedeutet das für uns? Ich meine, sind wir Freunde? Ist das", er gestikulierte den Flur hinunter in Richtung meines Schlafzimmers, „etwas, das du weiterhin tun willst?"

Ich kaute auf der Innenseite meiner Wange. „Ich schätze, das hängt davon ab, ob es die Situation komisch macht oder nicht." *Oder ob es sie bereits komisch gemacht hat.* „Oder ob es etwas ist, womit du dich nicht wohlfühlst. Eine zwanglose sexuelle Affäre."

„Um ehrlich zu sein, bin ich mir nicht sicher, wie ich mich dabei fühle,. Das war nie etwas, was ich mir für mich vorstellen konnte. Was auch immer es ist, es ... Ich schätze, es ist einfach passiert, und es kann nicht ewig so passieren, bis ich mir über diese Sache zwischen uns klar werden muss. Ich meine, ob ich mich wohlfühle, wenn wir so weitermachen, oder ob ich will, dass wir diese Sache ernst nehmen."

Ich wusste nicht, was ich darauf erwidern sollte.

„Und um ganz offen zu sein", sagte er, „wann immer ich darüber nachdenke, kann ich nicht anders, als zu denken, dass wir, ob wir das nun zwanglos oder ernsthaft fortsetzen, am Ende am selben Ziel landen werden."

Mein Herz schlug mir bis zum Hals. „Und das ist wo?"

„Es gibt nur einen Weg, das herauszufinden." Seine Augen fixierten meine und mein Magen schlug einen Salto, vor allem als er hinzufügte: „Ich persönlich würde gerne die Spielchen überspringen und den direkten Weg nehmen."

Aber macht dir das alles auch so viel Angst wie mir?

„Hör zu, die Wahrheit ist ..." Ich machte eine Pause und kaute auf meiner Lippe.

Darrens Finger trommelten gegen die Tür, eine Geste, von der ich hoffte, dass sie von Unruhe und nicht von Ungeduld herrührte. „Die Wahrheit ist was?"

„Das willst du nicht hören."

„Versuch es."

Ich rieb meinen steifen Nacken. „So gut wir uns auch verstehen und so *fantastisch* wir auch im Bett zusammen sind, ich glaube nicht, dass wir für eine gemeinsame Beziehung geeignet sind."

„Oh." Er war einen Moment lang still. „Warum?"

„Nun." *Und es geht los. Kein Zurück mehr.* „Es ist ... Ich will ehrlich sein. Es hat mit unseren Überzeugungen zu tun."

„Was meinst du? Die Tatsache, dass du Atheist bist und ich Christ?"

„Und dass du Pastor bist."

„Was hat das mit irgendwas zu tun?" Er war nicht feindselig. Nicht einmal ein bisschen verärgert, so wie es sich anhörte. Das machte die Sache nur noch schwieriger und ließ mich mit den Zähnen knirschen. *Warum musst du so verdammt gelassen sein?*

„Ich hab dir erzählt, dass ich in einem fundamentalistischen Haushalt aufgewachsen bin und von meiner Familie verstoßen und aus meiner Kirche ausgeschlossen wurde. Und ich –"

„Und ich billige nicht, was sie getan haben", sagte er. „Du solltest mich inzwischen gut genug kennen, um zu wissen, dass mich so etwas entsetzen würde."

„Das mag ja sein, aber es war ihr Glaube, der sie zu ihren Taten veranlasst hat."

Darren verlagerte das Gewicht. „Würden wir diese Unterhaltung führen, wenn du meinen Glauben aus der Gleichung herausnehmen würdest? Ist das das Einzige, was dich davon abhält herauszufinden, ob wir eine Beziehung hinkriegen könnten?"

„Das ist nicht gerade eine Kleinigkeit."

„Nein, ist es nicht." Er kniff die Augen zusammen.

„Aber das ist eines der Dinge, mit denen wir umgehen könnten, *wenn* wir glauben, dass es das wert ist."

„Ich habe nie gesagt, dass es das nicht wert wäre", blaffte ich. „Aber manche Hindernisse können einfach nicht –"

„Hindernisse?" Er ließ einen Atemzug entweichen. „Was ist schon, wenn wir unterschiedliche Ansichten haben? Glaubst du, dass alle Leute, die jemals zusammen waren, sich zu hundert Prozent in allem einig waren?"

„Nein, natürlich nicht. Aber es gibt Dinge, bei denen es schwierig ist, Kompromisse einzugehen. Und es geht nicht nur darum, was du glaubst. Korrigier mich, wenn ich falsch liege, aber solltest du nicht Menschen helfen, gerettet zu werden? Sie evangelisieren? *Bekehren?*"

Seine Miene verhärtete sich. „Ich bin nicht daran interessiert, dich zu bekehren."

„Ach ja? Und wie lange wird das anhalten?", fragte ich mit zusammengebissenen Zähnen. „Ernsthaft, wie lange kannst du dir wirklich vorstellen, mit mir zusammen zu sein, wenn ich –"

„Wenn ich mir nicht vorstellen könnte, mit dir zusammen zu sein, so wie du jetzt bist", sagte er mit unsicherer Stimme, „dann hätte ich dieses Gespräch nicht begonnen."

Mein Herz rutschte mir in die Hose. „Ich weiß einfach nicht, wie das mit uns funktionieren soll. Wie ich mich jemals in unserer Beziehung entspannen könnte, ohne darauf zu warten, dass das dicke Ende kommt."

Darren blinzelte. „Das dicke Ende? Was meinst du damit?"

„Ich meine damit, dass ich nicht weiß, wie ich *keine* Angst vor dem haben soll, was mit meiner Familie passiert ist."

„Du meinst ..." Er befeuchtete seine Lippen. „Du meinst, du hast Angst, ich würde dir das antun, was dir deine Familie getan hat? Obwohl ich auch schwul bin?"

„Ich weiß, dass es keinen Sinn ergibt. Nicht rational. Aber Tatsache ist, dass du Christ bist. Mein Leben wurde von Christen wegen ihres Glaubens auf den Kopf gestellt. Und ..." Ich hielt inne und rang nach den richtigen Worten. „Du bist für mich wie zwei Seiten einer Medaille. Du bist der Mann, an den ich ständig denken muss und den ich nicht aufhören kann zu wollen, selbst wenn ich es versuchen würde. Aber in vielerlei Hinsicht bist du auch der Mann, von dem sich meine Familie wünscht, ich wäre so, und sie würde mich zurücknehmen, wenn ich so wäre. Du gleichst *ihnen* zu sehr."

Die Worte trafen härter, als ich dachte. Und weiter unter die Gürtellinie. Und erst nachdem sie ausgesprochen waren und Darrens Augen sich in der Art von *Habe ich gerade gehört, was ich denke, das ich gerade gehört habe?* geweitet hatten, wurde mir klar, was ich tatsächlich gesagt hatte.

Dann verengte er wieder die Augen. „Deine Familie und deine Kirche haben dich also rausgeschmissen, weil du schwul bist." Der angespannte Unterton in seiner Stimme ließ mein Herz stehen bleiben. Der gelassene Darren war am Ende seiner Geduld. „Du kannst dich also nicht mit mir, einem anderen schwulen Mann, einlassen, einzig und allein, weil ich der gleichen Religion angehöre wie sie? Obwohl ich jedes Mal, wenn wir über unseren Glauben geredet haben, genauso höflich und aufgeschlossen war wie du? Du weißt schon, ich habe es dir *nicht* um die Ohren gehauen und versucht, dich zu bekehren, wie sie es offenbar getan haben?"

Ich öffnete den Mund, um zu sprechen, aber was sollte

ich sagen? Ich hatte mir gewünscht, dass er endlich auf
etwas reagierte, dass er aufhörte, so ruhig und perfekt und
unbeeindruckt von *allem* zu sein, und jetzt löste sich seine
Beherrschung schneller auf, als ich damit umgehen konnte.
Schneller, als ich mich darauf einstellen konnte.

Ich schluckte. „Du denkst doch nicht –"

„Weißt du, ich kann nicht gewinnen." Er warf die
Hände in die Luft. „Es gibt Christen, die mich ganz offen
und ziemlich vehement meiden, weil ich schwul bin. Und
in der schwulen Gemeinschaft werde ich auf Abstand
gehalten, weil ich Christ bin. Egal in welcher Gruppe ich
mich befinde, ich werde ausgegrenzt, weil ich einer von
,denen' bin." Und mit einem Mal löste sich die Wut
zugunsten von etwas viel weniger Feindseligem und viel
Schmerzhafterem auf. Seine Stimme schwankte nur
leicht, als er fragte: „Glaubst du wirklich, ich würde
meinen Glauben jemals als Waffe gegen dich einsetzen,
Seth?"

Ich zuckte zusammen. „Glaubst du, ich dachte, meine
eigene Familie würde das tun?"

„Wenn du schon dabei bist, willst du mich nicht in
dieselbe Kategorie wie die Westboro Baptist Church mit
ihrem Schwulenhass stecken?" Die Wut war wieder in
voller Stärke da, aber das Zögern blieb, als wäre er ebenso
kurz davor, die Beherrschung zu verlieren, wie einfach
zusammenzubrechen. „Wie unterscheidet sich das, was du
mir sagst, von dem, was alle anderen dir angetan haben?
Wegen eines wichtigen Teils von mir, eines Teils von mir,
den ich dir nie *aufgezwungen* oder auch nur in ein
Gespräch eingebracht habe, von dem ich dachte, dass er
kein Problem für dich darstellt, kannst du nicht in meiner
Nähe sein?"

„Ich habe nie gesagt, dass ich nicht in deiner Nähe sein

will. Ich sehe nur nicht, wie eine Beziehung zwischen uns funktionieren könnte."

Er schnaubte. „Tja, was du nicht sagst. Wenn du in mir nichts anderes sehen kannst als ‚einen von ihnen'", er zeichnete mit Nachdruck imaginäre Anführungszeichen in die Luft, „so wie deine Familie in dir nichts anderes sehen kann als einen schwulen Mann." Er schüttelte den Kopf und atmete scharf aus. „Weißt du, du machst dir solche Sorgen, dass ich dir meinen Glauben aufzwinge oder dich bei jeder Gelegenheit zu bekehren versuche, aber hörst du dir eigentlich selbst zu, Seth? Du hast unseren Glauben in diese Sache eingebracht, nicht ich."

Ich verschränkte die Arme fest vor der Brust. „Was soll ich deiner Meinung nach tun?"

„Ich möchte, dass du aufhörst, mich mit den Leuten gleichzusetzen, die dir wehgetan haben. *Ich* habe dir nie wehgetan. Nur weil ich gläubig bin, heißt das nicht –"

„Du bist nicht nur gläubig, Darren, du bist Pastor. Du lebst, atmest und predigst den Glauben, der fast mein verdammtes Leben ruiniert hat."

„Nein. Nein, das tue ich nicht." Er zeigte mit einem Finger auf mich. „Ich hatte damit nichts zu tun, Seth. Was ich lebe und atme, sind die Glaubensüberzeugungen, die mich dazu bringen, Kinder von der Straße zu holen, nachdem sie von Eltern wie deinen rausgeworfen wurden. Wie kannst du mich in dieselbe Kategorie wie deine Familie stecken?"

„Weil du verdammt noch mal aus demselben gottverdammten Buch predigst, aufgrund dessen sie mich verstoßen haben!"

Darren starrte mich mit großen Augen und offenem Mund an.

„Tut mir leid." Ich machte eine Pause und schüttelte

den Kopf. „Es ... es tut mir leid. Ich wollte nicht fluchen, ich ...“

Seine Augenbrauen hoben sich. „Du denkst, das Fluchen war der beleidigendste Teil davon?“

„Darren ...“

„Nein.“ Er hob eine Hand. „Ich habe genug gehört.“ Er griff nach dem Türknauf. „Und ich bin froh, dass wir dieses Gespräch jetzt geführt haben. Je früher die Wahrheit ans Licht kommt, desto besser.“

Zwischen dem Moment, in dem er die Hand auf den Türknauf legte, und seiner Flucht lagen nur zwei Sekunden. Ein paar weitere Sekunden, um durch den Flur in seine eigene Wohnung zu gelangen. Insgesamt vielleicht fünfzehn, ein kurzes Zeitfenster, in dem ich ihn hätte aufhalten können. Oder zumindest hätte ich es versuchen können.

Aber ich tat es nicht.

Ich ließ ihn gehen.

Meine Tür schlug zu.

Sekunden später tat es auch seine.

Ich ließ mich auf das Sofa fallen, seufzte und rieb mir mit den Handballen die Stirn. Ich wusste nicht einmal, wie ich mich fühlen sollte. Schuldbewusst? Erleichtert? Beides? Scheiße, ich hatte keine Ahnung. Ich wusste nur, dass Darren weg war.

Direkt gegenüber, aber definitiv weg.

KAPITEL 12

Den nächsten Tag überstand ich auf Autopilot. Am Tag danach konnte ich mich kaum noch auf die Arbeit konzentrieren, also sagte ich alle Termine am Nachmittag und Abend ab, ebenso wie die am darauffolgenden Tag. Das würde am Monatsersten wehtun, aber es würde mir leichter fallen, mit Al eine verspätete Mietzahlung zu klären, als eine verpfuschte Tätowierung hinzubiegen oder zu erklären.

Das war mir noch nie passiert. Ich hatte an einem riesigen, aufwendigen Rückentattoo gearbeitet, nur Stunden nachdem ein heftiger Streit meine letzte Beziehung beendet hatte. Ich ließ mich durch nichts von meiner Arbeit ablenken, aber jetzt konnte ich von Glück reden, wenn ich wusste, wie herum ich die Tätowiernadel ansetzen musste. Was zum Teufel?

Ich konnte nicht aufhören, an Darren zu denken. Es war, als würden zwei Filme gleichzeitig in meinem Kopf ablaufen. Der eine war eine Montage von allem, was ich an ihm vermisste: seine Hilfsbereitschaft, die Gespräche bei einem Bier, der tolle Sex. Und der andere, der direkt neben der ersten lief, war unser Streit. Ich sah gleichzeitig, wie wir über einen gemeinsamen Joint lachten und wie Darren mich ansah, als wäre er den Tränen verdammt nahe. Ich hörte ihn im selben Moment kommen, als ich die Tür zuschlagen hörte.

Ich war dabei, meinen verfickten Verstand zu verlieren.

Schließlich gab ich den Versuch auf, einen klaren Kopf zu bekommen, und beschloss, dass ich ihn etwas einnebeln musste. Ich schnappte mir meinen Parka, den mit der Plastiktüte in der Tasche, und ging auf das Dach. Dort holte ich einen Stuhl und den kleinen Tisch unter der Plane hervor und stellte sie an meinem üblichen Platz an der Brüstung auf.

Ich legte die Tüte und das Feuerzeug auf den Tisch, die Blechdose klirrte leise auf der harten Plastikoberfläche, aber ich drehte den Joint noch nicht. Es gab nichts auf der Welt, was ich mehr wollte, als heute Abend so high wie möglich zu werden. Alkohol würde mich nur deprimieren. Das Gras würde mich abschalten lassen und dafür sorgen, dass mir ein paar Stunden lang alle scheißegal war.

Aber mein Kopf war jetzt schon völlig durcheinander. Zu unruhig, um mich zu bekiffen? War das nicht ein Widerspruch in sich selbst? Aber verdammt, ich war so abgelenkt und aufgedreht, dass ich mich nicht einmal mehr an die Schritte erinnern konnte, die mich von diesem Punkt zur glückseligen Volldröhnung bringen würden.

Ich konnte nicht stillsitzen, also stand ich schließlich auf und lief neben der Brüstung auf und ab. Der Wind ließ die Ränder der Plastiktüte flattern, die noch auf dem Tisch lag, aber mein Feuerzeug und die Blechdose verhinderten, dass sie wegflog.

Ich warf einen Blick auf die Tür, die zur Treppe führte. Eine Erinnerung an Darren huschte durch meinen Kopf, wie er hier heraufkam und sich zu mir setzte, um eine zu rauchen. Er saß in einem der Stühle gegenüber dem Plastiktisch und nahm einen Zug, als hätte er das schon früher getan. Völlig entspannt und freundlich, noch ohne jede Ahnung von dem Gespräch, das wir schließlich in meinem Wohnzimmer führen würden.

In dieser Nacht waren wir einfach nur zwei Männer gewesen. Wir hatten genug geraucht, um uns zu entspannen, aber wir waren immer noch genug bei Sinnen gewesen, um zu reden. Eine Zeit lang war er kein Pastor gewesen und ich war von meiner Kirche und meiner Familie nie so verletzt worden, dass ich vor ihm zurückschreckte. Nur zwei Männer, ein paar Joints und ein oder zwei Stunden, in denen wir uns unterhielten, als wären wir schon unser ganzes Leben lang Freunde gewesen.

Genau wie am ersten Abend, als wir uns bei einem Bier unterhalten hatten. Und als ich ihm den Rücken tätowiert hatte. Und als wir zusammen wandern waren. Und nach dem Abend, als wir bei den Jugendlichen ausgeholfen hatten.

Genau so, wie ich mir immer vorgestellt hatte, wie es mit dem perfekten Freund sein müsste.

Die ganze rastlose Energie verflog, und ich sank tiefer in den Sessel und ließ das Gesicht in meine Hände fallen. Wie lange hatte ich damit verbracht, genug Mut aufzubringen, die Sache mit ihm zu beenden, bevor sie überhaupt richtig begonnen hatte? Wie lange hatte ich versucht, die richtigen Worte zu finden, um zu erklären, warum ich nicht mit ihm zusammen sein konnte, egal wie sehr ich ihn wollte?

Aber das war nicht das richtige Ende. Das war nie das, was ich gewollt hatte.

Seth, deine Eltern haben dich eine Menge guter Dinge in

deinem Leben gekostet. Michaels Worte hallten in meinem Hinterkopf wider. *Lass nicht zu, dass sie dich auch das hier kosten.*

Oh Gott! Was hatte ich getan?

Und was zum Teufel sollte ich jetzt tun?

Zwanzig Minuten später, an der Eingangstür des Lights Out, nickte mir der Türsteher kurz zu und winkte mich herein.

„Jason ist in seinem Büro", rief er, und ich dankte ihm über die Musik hinweg, bevor ich nach oben lief.

Jason war wie immer in Papierkram vertieft, seine Schultern waren verkrampft und taten wahrscheinlich schon verdammt weh, aber er entspannte sich ein wenig, als ich sein Büro betrat.

„Hey", sagte er. „Was gibt's?"

„Willst du eine Pause machen?", fragte ich. „Ich schätze, du könntest eine brauchen."

Er musterte mich und ich vermutete, dass mir meine eigene Anspannung ebenso ins Gesicht geschrieben stand wie ihm seine. Er schob den Stuhl zurück und stand auf. Keiner von uns beiden sagte ein Wort, als wir sein Büro verließen und den Flur hinuntergingen. Unsere Füße klapperten auf der Metalltreppe hinauf zum Dach, wo seine Angestellten bei schönem Wetter ihre Pausen machten und wo er und ich manchmal abhingen, wenn ich ihn besuchte. Ich hätte genauso gut eine verdammte Katze sein können, so viel Zeit wie ich in letzter Zeit auf Dächern verbrachte.

Jason rollte mit den Schultern und rieb sich die Seite seines Halses.

„Mann, wirst du jemals etwas von diesem Mist auf

jemand anderen abladen?", fragte ich. „Bevor dieser Club dich umbringt?"

Jason ließ die Hand sinken, rollte noch einmal mit der Schulter und lächelte dann. „Jetzt, da der Cashflow besser läuft, arbeite ich daran, jemanden einzustellen. Ich habe diese Woche ein paar Vorstellungsgespräche, also mit etwas Glück? Kann es gut sein, dass ich in den nächsten zwei Wochen diesen Mist bei jemand anderem abladen kann."

„Wurde auch Zeit", sagte ich.

„Wem sagst du das." Er verschränkte die Arme und stützte sie auf die Betonbrüstung. „Also, was ist los? Du siehst aus, als hättest du seit einer Woche nicht mehr geschlafen."

„Kommt hin." Ich rieb mir den steifen Nacken. „Erinnerst du dich an meinen Nachbar? Der Pastor?"

„Der, den du vögelst?"

„Gevögelt *habe*."

„Oh."

Ich schloss die Augen und rieb mir mit dem Handballen über die Stirn. „Hast du jemals etwas getan, das zu dem Zeitpunkt absoluten Sinn ergab, und dann im Nachhinein festgestellt, dass es ein kolossaler Fehler war?"

„Du meinst, wie ein Haus mit meinem Ex zu kaufen?", brummte er.

„Genau." Ich atmete schnaufend aus.

„Also, was ist passiert?"

„Ich habe mit ihm Schluss gemacht, weil ... weil ich nach allem, was ich in meiner Jugend durchgemacht habe, religiösen Menschen nicht traue."

Jason nickte. „Du hast also mit diesem Typen Schluss gemacht, weil er Christ ist?"

Hitze stieg mir in die Wangen und ich wich Jasons Blick aus. „Es ergab alles Sinn bis zu dem Zeitpunkt, als er meine Wohnung verließ. Ich dachte, ich tue das Richtige, indem ich es im Keim ersticke, aber in diesem Moment wurde mir klar, dass ich einen riesigen Fehler gemacht hatte. Und jetzt ..." Ich fuhr mir mit einer Hand durch die Haare. „Ich habe keine Ahnung, was ich tun soll."

„Mit ihm reden?", sagte Jason. „Vielleicht kannst du noch einen Versuch wagen?"

„Unter der Voraussetzung, dass er überhaupt mit mir redet." Ich lehnte die Hüfte an die Brüstung. „Ich bin mir nicht sicher, ob eine Beziehung zwischen uns überhaupt eine Chance hätte, aber wir –"

„Wer sagt denn, dass es zwischen euch nicht klappen kann? Nur weil er Pastor ist?"

Der Seth von vor ein paar Tagen wollte lautstark widersprechen. *Nur weil er Pastor ist? Das ist eine ziemlich bedeutende Sache, wenn mein Leben von Leuten zerstört wurde, die kaufen, was er verkauft.*

Aber es war erstaunlich, wie unbedeutend so etwas wurde, wenn die Alternative darin bestand, jemanden wie Darren zu verpassen.

Ich schüttelte den Kopf. „Ich dachte, es ginge nicht. Vielleicht klappt es auch wirklich nicht. Ich meine, denk doch mal nach. Wie soll so etwas klappen? Religiöse Überzeugungen sind nichts, bei dem man Kompromisse eingehen kann. Es ist wie beim Kinderkriegen: Es gibt keinen halben Weg. Aber ich ... Scheiße, ich weiß im Moment gar nichts. Ich habe mich so lange von religiösen Menschen ferngehalten, nach dem, was mit meinen Eltern passiert ist, und das kam einfach aus dem Nichts."

„Mit *das* meinst du das, was mit deinem Nachbar passiert ist?" Jason zog eine Augenbraue hoch. „Oder bedeutet *das*, dass du jemanden gefunden hast, mit dem du dir eine Beziehung vorstellen kannst, und ihn dann wegstößt, weil du Schiss hast? Und ich meine nicht, dass du Angst vor dem hast, an das er glaubt, sondern vor dem, was er *ist*."

„Soll heißen?"

„Das heißt, ich kenne dich schon lange und habe gesehen, wie du dich aus allen möglichen Gründen von einem Kerl nach dem anderen abgewandt hast, obwohl der wahre Grund völlig durchschaubar war, aber ich habe nie etwas gesagt, weil ich noch nie gesehen habe, dass du so sehr an einem Typen hängst."

Ich verlagerte das Gewicht und mein Turnschuh schrammte über den Beton. „Wirklich?"

Jason nickte. „Der einzige Grund, warum ich jetzt etwas sage, ist, dass ich allein vom Zuhören weiß, dass du genau wie ich denkst, dass du etwas versaust, was du nicht versauen solltest."

Ich war nicht sicher, ob ich bereit war, die Antwort zu hören, aber ich fragte trotzdem: „Also was ist der wahre Grund?"

Er antwortete nicht sofort, und ich dachte, er würde vielleicht darauf warten, dass ich von selbst draufkam. Schließlich sagte er: „Ich weiß, dass du berechtigte Gründe hast, Menschen mit religiösen Überzeugungen gegenüber misstrauisch zu sein. Das will ich nicht bestreiten. Aber was ist, wenn du die Religion völlig aus dem Spiel lässt?"

Ich schaute Jason an und sagte: „Die Frage erübrigt sich, weil seine Religion einen ziemlich großen Teil seines Lebens ausmacht, meinst du nicht?"

„Wenn er jetzt hierherkäme und dir sagen würde, dass er seinem Glauben abschwört, Atheist wird und nie wieder eine Kirche betritt, würdest du dich ohne zu zögern auf eine Beziehung mit ihm einlassen? Ohne Angst?"

Ich schluckte.

„Das habe ich mir gedacht. Und wäre nicht jemand mit genau entgegengesetzten Überzeugungen der perfekte Partner für dich?" Er grinste. „Ihr hättet immer etwas, worüber ihr reden könntet."

Irgendwie schaffte ich es, zu lachen. „Okay, das kann ich nicht bestreiten."

„Genau." Er machte für einen langen Moment eine Pause. „Die Sache ist die, ich glaube nicht, dass es sein Glaube ist, der dich wirklich stört. Ich meine, ungeachtet der Gründe, deine Familie hat dir wehgetan. Seitdem hattest du eine *einzige* feste Beziehung, mit einem Kerl, der dir übel mitgespielt hat – was nichts mit der Religion zu tun hatte – und das war vor vier Jahren. Seitdem ist kein Mann mehr an dich herangekommen."

Ich starrte hinaus auf die dunklen Schatten der fernen Berge. Mein Nacken kribbelte und das Blut pochte in meinen Ohren, als mir die unangenehme Wahrheit bewusst wurde.

„Sieh es ein", sagte er leise. „Du hast Angst, verletzt zu werden. Es ist nicht die Tatsache, dass dieser Kerl etwas mit deinen Eltern gemeinsam haben könnte, die dir Angst macht. Das ist nur eine bequeme Ausrede, hinter der du dich versteckst, damit du dich der Wahrheit nicht stellen musst."

„Und die wäre?"

„Dass es genauso wehtun könnte, wenn dieser Typ dich aus irgendeinem Grund verlässt, wie damals, als dich deine Familie hinausgeworfen hat." Er legte mir eine Hand auf die Schulter und drückte sie sanft. „Du hast keine Angst vor Christen, Seth. Du hast Angst davor, geliebt zu werden."

Die Worte trafen mich wie ein Schlag in den Magen. Ich schloss die Augen. Ich wollte protestieren und ihm sagen, dass er Scheiße laberte, dass er keine Ahnung hatte, wovon er redete, aber ich konnte nicht.

„Ich weiß, dass das nicht leicht für dich ist." Erneut drückte Jason meine Schulter. „Aber ich denke, dass es ein großer Fehler ist, diesen Kerl gehen zu lassen. Du musst die Sache mit ihm klären. Selbst wenn es auf Dauer zwischen euch nicht klappt, habe ich das Gefühl, dass du nicht glaubst, dass es auf diese Weise enden sollte."

Ich seufzte. „Im Moment bin ich mir nicht einmal sicher, was ich tun kann. Ich habe ihm gesagt, was hinter meinem Standpunkt steckt – was ich dachte, was dahinter-steckt – und es ... es lief nicht gut."

„Die Situation weiter ungeklärt zu lassen, wird sie nicht lösen."

„Glaubst du denn, dass irgendetwas sie lösen kann?"

„Nun, ich denke, das Beste ist, wenn du aufhörst, ein sturer Idiot zu sein, und mit ihm redest."

Ich sagte nichts.

„Vielleicht klappt es zwischen euch", sagte Jason, jetzt in einem sanfteren Ton. „Vielleicht auch nicht. Aber ich kenne dich. Du bist der Typ, der eine Trennung durchzieht und mit seinem Leben weitermacht, wenn es nicht klappen sollte, aber wenn du ihn gehen lässt, ohne es zu versuchen, dann *wirst* du das bis zu deinem Todestag bereuen."

Ich konnte ihn nicht ansehen. Natürlich hatte er recht. „Ich glaube, ich habe ihn ziemlich verletzt."

„Red einfach mit ihm. Hoffentlich hört er zu."

Ja. Hoffentlich.

Aber ich konnte mich nicht dazu durchringen, darauf zu vertrauen.

KAPITEL 13

Heute Abend. Wir würden heute Abend darüber reden. Das Gespräch mit Jason schwirrte mir schon seit ein paar Tagen im Kopf herum, und wenn ich jemals wieder schlafen wollte, mussten Darren und ich miteinander reden. Heute Abend, verdammt noch mal.

Vorausgesetzt, er explodierte nicht oder wimmelte mich nicht ab. Während ich in meinem Wohnzimmer saß und darauf wartete, dass er nach Hause kam, ertappte ich mich bei dem Wunsch, an eine höhere Macht zu glauben, zu der ich beten könnte, nur um Darren anzuflehen, mir zuzuhören. Das hatte etwas Ironisches an sich. Und vielleicht hätte ich diese Ironie auch zu schätzen gewusst, wenn ich nicht so angespannt gewesen wäre und nicht versuchen müsste, dass mir nicht vor Nervosität übel wurde.

Wenn er mich für ein Arschloch hielt, hatte er jedes Recht dazu. Wenn er sich weigerte, mit mir über irgendetwas zu diskutieren, konnte ich es ihm nicht verübeln. Das hielt mich nicht davon ab, inständig darauf zu hoffen, dass er mir nicht die Tür vor der Nase zuschlug.

Das leise Knarren der Treppe unter Schritten ließ meinen Herzschlag in die Höhe schnellen.

Jetzt oder nie, bevor ich die Nerven verliere.

Ich öffnete die Tür, während er seine aufschloss.

„Darren."

Er hielt inne, drehte sich aber nicht um.

„Hör mal, ähm." Ich räusperte mich. „Können wir reden?"

Er zog seinen Schlüssel aus dem Schloss und steckte ihn in seine Tasche. Einen Moment lang bewegte er sich nicht und ich dachte schon, er würde die Tür aufstoßen und in seine Wohnung gehen. Doch dann drehte er sich langsam um und ich machte mich auf eisige Augen und gespannte Lippen gefasst.

Doch als wir uns im schummrigen Flur gegenüberstanden, hätte ich alles für eisige Augen und gespannte Lippen gegeben. Kalte Gleichgültigkeit oder sogar kaum unterdrückte Wut wären so viel leichter zu verdauen gewesen als die spürbare Pein in seinen Augen. Als ob es für ihn schmerzhaft wäre, sich nur in meiner Gegenwart zu befinden.

„Willst du reinkommen?", fragte ich.

Er rührte sich nicht. „Lass uns zuerst das mit dem Reden versuchen. Dann werden wir sehen, wohin uns das führt."

„Du willst das hier draußen machen?"

„Es sei denn, du glaubst, dass sich jemand zu uns gesellen wird."

Ich konnte nicht sagen, ob das sarkastisch gemeint war oder ob sich dahinter die Bitte verbarg, *es jetzt zu tun, bevor ich gehen muss.*

Ich öffnete den Mund, um etwas zu sagen, aber er kam

mir zuvor: „Wenn ich es mir recht überlege, wäre es viel-leicht einfacher, wenn wir uns hinsetzen würden."

„Bist du sicher?"

Er nickte.

Wir gingen in meine Wohnung und setzten uns in mein Wohnzimmer. Ich nahm den Lehnstuhl und er die Mitte der Couch. Und egal wie sehr ich es wollte, ich konnte mich nicht dazu überwinden, ihm ins Gesicht zu sehen.

Stanley spazierte herein, warf jedem von uns einen verächtlichen Blick zu und lief dann aus dem Zimmer. Erho-bene Stimmen machten ihm Angst, und selbst die Spannung vor einem Streit reichte aus, um ihn unter mein Bett huschen zu lassen. Ich schaute ihm hinterher und schnitt eine Grimasse, als meine Schuldgefühle immer größer wurden. Sogar meine Katze war verstört? Gut gemacht, Seth.

Schließlich brach Darren das Schweigen.

„Es geht um diesen einen Morgen, nicht wahr?" Sein Ton verriet nichts.

Ohne mich zu ihm umzudrehen, nickte ich. „Ich wollte mich entschuldigen."

„Aber ich kann mir nicht vorstellen, dass du deine Meinung geändert hast." Immer noch keine Emotionen, weder in die eine noch in die andere Richtung. „Was mich betrifft."

Ich kaute auf meiner Lippe. „Das ist die andere Sache, über die ich mit dir reden wollte."

„Oh. Okay ..."

„Ich weiß, wir kennen uns noch nicht so lange. Aber zwischen uns hat es einfach ... klick gemacht. Mehr als zwischen mir und irgendeinem anderen Kerl."

„Ja, ich weiß, was du meinst", flüsterte er.

„Und ich werde nicht lügen, ich bin schon angespannt,

seit du mir gesagt hast, dass du Pastor bist. Aber seit neulich bin ich ein Wrack."

Darren sagte nichts.

Ich starrte auf den Boden zwischen uns. „Ich weiß, ich habe dich vorschnell verurteilt. Und das tut mir leid. Wirklich, wirklich leid."

„Das kann ich akzeptieren", sagte er leise.

Ich atmete aus und ein wenig – aber nicht alles – der Anspannung fiel von meinen Schultern ab. „Die Sache ist die, ich ..." Ach, scheiß drauf. Ich konnte es genauso gut einfach sagen, anstatt um den heißen Brei herumzureden. „Religiöse Differenzen mögen wie eine Kleinigkeit erscheinen, der man aus dem Weg gehen kann, aber ich habe schon zu viele Menschen, die ich liebe, deswegen verloren. Ich will nicht ..." Die Worte blieben mir im Hals stecken. Es waren sowieso die falschen Worte. Scheiße, ich konnte meine Gedanken nicht ordnen. Warum zum Teufel konnte ich nicht ...

„Seth. Schau mich an."

Ich zögerte, bevor ich schließlich den Blick hob. Sprechen war schon schwer genug, aber jetzt ... verdammt.

Er legte den Kopf schief. „Was willst du nicht?"

„Was du bist, was ich bin ... Ich habe Angst davor, was das in der Zukunft bedeuten wird. Wegen meiner Vergangenheit. Aber auch ohne unsere Unterschiede im Glauben oder ohne meine Vergangenheit will ich nicht ..." Ich befeuchtete meine Lippen und irgendwie bildete ich die Worte, während ich seinen Blick festhielt: „Ich habe furchtbare Angst davor, wie es wäre, mich in dich zu verlieben und dich dann zu verlieren."

Darrens Mund öffnete sich.

Ich fuhr fort. „Aber ich möchte auch nicht wissen, wie es ist, weiter durchs Leben zu gehen und mich zu fragen, wie es wohl gewesen wäre, mich in dich zu verlieben. Und um ehrlich zu sein, bin ich mir nicht sicher, welches Risiko schrecklicher ist."

Er schluckte. „Ich dachte ... ich dachte nicht, dass du so empfindest."

„Ich bin mir nicht sicher, was ich empfinde", flüsterte ich, denn das schien mir unerklärlicherweise die einzige Möglichkeit zu sein, meine Stimme vom Zittern abzuhalten. „Nur dass es sich von Anfang an nicht wie ein One-Night-Stand angefühlt hat, und zu bleiben macht mir genauso viel Angst wie zu gehen."

Seine Miene verhärtete sich wieder. „Also was war dieser ganze Mist über unsere unterschiedlichen Überzeugungen? Ein Vorwand?"

„Es ist immer noch ..." Ich machte eine Pause und versuchte, es vorsichtig zu formulieren. „Es ist immer noch etwas, bei dem ich mir nicht ganz sicher bin, wie ich damit umgehen soll. Ich werde nicht lügen. Aber ich denke, dass das, was ich gesagt habe und wovor ich Angst hatte – wovor ich *dachte*, dass ich Angst hätte – vielleicht eine Art fehlgeleiteter Selbsterhaltungstrieb war."

Darrens Stirn legte sich in Falten.

Ich zögerte und gab mir die Gelegenheit, meine Gedanken zu sammeln. „Wie ein Freund mir sagte, als er mir an den Kopf warf, was für ein Idiot ich sei, ist jemand mit anderen Überzeugungen der perfekte Partner für mich." Es fiel mir schwer, Darren weiterhin in die Augen zu schauen, aber ich zwang mich dazu. „Du bist von deinem Glauben genauso überzeugt wie ich von meinen Ansichten. Du bist bereit, darüber zu debattieren und zu diskutieren, und obwohl wir nicht einer Meinung sind, hast du mir nie das Gefühl gegeben, minderwertig zu sein oder dass etwas mit mir nicht stimmt." Ich senkte den Blick auf die Hände in meinem Schoß. „Nicht einmal, als ich dir dieses Gefühl gegeben habe."

„Die meiste Zeit hast du das nicht getan", sagte er, fast flüsternd. „Das war eines der Dinge, die ich an dir mochte. Wir konnten von entgegengesetzten Enden des Spektrums miteinander reden und uns trotzdem respektieren, auch wenn wir nicht einer Meinung waren."

„Ich respektiere dich wirklich, Darren. Und woran du glaubst." Ich hob den Blick wieder. „Es tut mir leid. Ich bin ausgeflippt und habe dir wehgetan. Es war nicht das, woran du glaubst, es war meine eigene festgefahrene Meinung, die alles aus dem Ruder laufen ließ."

„Nun, meine Reaktion ..." Langsam fuhr er sich mit der Zunge über die Lippen. „Es gibt etwas, das ich dir vielleicht sagen sollte. Es könnte erklären, warum ich so sauer war über das, was du gesagt hast."

Ich setzte mich ein wenig auf und wappnete mich. „Okay ..."

Sein Adamsapfel hüpfte. „Ich weiß, dass du wegen dem, was deine Eltern dir angetan haben, auf der Hut bist. Und niemand kann dir das verdenken." Er schluckte schwer. „Aber du bist nicht der Einzige, der verletzt wurde."

Mein Herz wurde schwer.

„Ich denke, du musst ..." Darren verschränkte die Finger in seinem Schoß und fixierte sie, wobei er die Stirn runzelte, als ob dies tiefe Konzentration erforderte. „Ich denke, du musst verstehen, warum ich hierhergekommen bin. Nach Tucker Springs." Endlich hob Darren den Kopf und sah mir in die Augen. „Warum ich Tulsa verlassen musste."

Etwas unter meinen Rippen verdrehte sich. „Red weiter."

„Ich war dort vier Jahre lang Jugendpastor einer Kirche, und von Anfang an hielt ich es für das Beste, offen über meine Sexualität zu sein. Ich war zu der Zeit mit jemandem zusammen und wollte ihn nicht verstecken oder befürchten, jemanden zu überrumpeln."

„Das hat den Leuten nicht gefallen?"

Darren zuckte mit den Schultern. „Einige sind ausgeflippt. Anderen war es egal. Und ja, es hat mich geärgert, als sie beschlossen, dass die Jugendgruppe so groß ist, dass ich wirklich einen ‚stellvertretenden Jugendpastor' haben sollte. Du weißt schon, der ‚stellvertretende Jugendpastor', der zu allem mitkam, wo ich mit den Kids zusammen war."

„Ein Babysitter?"

„Im Prinzip ja. Aber sie konnte gut mit den Kindern umgehen und es war eine Freude, mit ihr zusammenzuarbeiten, also was soll's. Ich habe das Beste daraus gemacht." Dann holte Darren tief Luft und als er sie wieder ausstieß, zog er die Schultern zurück, als ob er sich für etwas wappnen wollte. „Wir hatten vier schwule Teenager in der Jugendgruppe. Zumindest vier, die sich geoutet hatten. Und ich fragte mich das bei ein paar der anderen, aber … in jeden Fall vier. Wie auch immer, das setzte den Leuten noch mehr zu. Denn irgendwie war es gefährlicher, sie in einer Gruppe zu haben, die von einem schwulen Mann geleitet wurde, als vorher die Teenager-Mädchen in der Gruppe, die von dem Hetero-Typen geleitet wurde, der vor mir Jugendpastor war." Er verdrehte die Augen.

„Kommt mir bekannt vor", murmelte ich.

Darren rutschte unbehaglich hin und her. „Alle Mitglieder der Jugendgruppe hatten meine E-Mail und meine Handynummer. Sie wussten ganz genau, dass sie mich Tag und Nacht erreichen konnten, wenn sie etwas brauchten. Manchmal riefen sie an. Aus Frustration über etwas, worüber sie nicht mit ihren Eltern reden konnten, oder weil sie einfach einen schweren Tag hatten." Er sah mir in die Augen. „Du weißt, wie es ist, ein Teenager zu sein."

Ich nickte. „Ich würde diese Zeit um nichts in der Welt zurückwollen."

„Dem kann ich nur beipflichten." Er schluckte. „Also, eines Abends rief dieser Junge an. Chad. Er war noch nicht ganz siebzehn und er war einer der vier."

„Eines der schwulen Kids?"

„Ja. Und er war ein Wrack. Völlig betrunken, weinte und sagte, er wolle sich umbringen."

„Oh mein Gott ..."

Darren befeuchtete die Lippen und seine Augen verloren an Fokus. „Ich gabelte ihn in diesem Diner auf, wo alle Kids gerne abhingen. Er weigerte sich, ins Auto zu steigen, bis ich ihm versprach, ihn nicht zu seinen Eltern zu bringen, also brachte ich ihn zu mir, damit er dort ausnüchtern konnte."

Ich zuckte zusammen. „Warum kann ich mir denken, wohin das führt?"

„Weil diese Geschichte immer gleich endet", sagte er bitter. „Als ich ihn endlich überredet hatte, sich von mir nach Hause bringen zu lassen, rasteten seine Eltern aus und ..." Er machte eine *Du kannst dir den Rest denken*-Geste.

„Großer Gott."

„Und dieser arme Junge. Er war so aufgewühlt und in einer so schlechten Gemütsverfassung und ..." Darren pfiff leise und schüttelte den Kopf. „Mann, er ließ sich trotzdem von niemandem einschüchtern, Anschuldigungen zu erheben. Ich hatte während der ganzen Sache furchtbare Angst um ihn." Er hielt inne und räusperte sich. „Jedes Mal, wenn mein Telefon klingelte, war ich sicher, dass mir jemand sagen würde, er hätte sich etwas angetan. Er ... er brauchte so was einfach nicht auch noch, verstehst du?"

Meine Haut kribbelte vor einem kranken Déjà-vu. Ich wusste verdammt gut, wie sich dieser Junge fühlte, und ich hatte niemanden wie Darren gehabt, der mir den Rücken stärkte. Ich konnte mir nicht einmal ansatzweise vorstellen, wie es sein würde, diese Unterstützung zu haben und sie dann weggerissen zu bekommen.

„Und was ist dann passiert?", fragte ich.

„Die Polizei untersuchte die Sache. Der Junge und ich bestanden beide einen Lügendetektortest und schließlich wurden alle Anklagen fallen gelassen." Darren rieb sich die Stirn und schnitt eine Grimasse, als würde ihm der ganze Gedankengang Kopfschmerzen bereiten. Vielleicht tat er das wirklich. „Aber die Gemeinde war trotzdem nicht glücklich. Und die Kirchenältesten, die Diakonin, der Pfarrer ..." Er schüttelte den Kopf, lehnte sich zurück und konzentrierte sich auf etwas auf der anderen Seite des Zimmers. „Sie hatten eine Besprechung darüber. Eigentlich nur wegen mir."

„Das hört sich nicht gut an."

„Nein, nicht wirklich." Darrens Lippen wurden zu einer bleichen Linie und er schwieg einen Moment lang. „Letzten Endes haben sie sich darauf geeinigt, dass es für alle Beteiligten besser wäre, wenn ich die Gemeinde verlasse."

„Du machst Witze."

„Ich wünschte, es wäre so. Ich meine, ich werde es bis an mein Lebensende nicht verstehen. Was hätte ich denn tun sollen?" Er fuhr sich mit der Hand durch die Haare. „Ihn einfach in diesem Diner sitzen lassen? Betrunken? Ihm sagen, er solle mit jemand anderem reden, weil die

Leute auf falsche Gedanken kommen könnten? So zerbrechlich wie er …" Darrens Stimme brach und er räusperte sich schnell. „Die ganze Sache war so abgefuckt."

Mein Herz setzte einen Schlag aus. Ich konnte nicht sagen, was mich mehr erschreckte: die Tatsache, dass er geflucht hatte, oder wie stark seine Stimme gezittert hatte, als er es tat.

Oder der zusätzliche Glanz in seinen Augen, als er sich mir zuwandte.

„Ich habe keinem dieser Kinder etwas angetan", flüsterte er. „Aber ich wurde rausgeschmissen, weil die Leute sich in den Kopf gesetzt hatten, dass ich das vielleicht tun *könnte*. Weil ich schwul bin und daher …" Er winkte mit einer Hand und wischte sich dann über die Augen. „Verdammt, es tut mir leid."

Die ganze Luft strömte aus meiner Lunge. „Und ich habe das Gleiche getan, nicht wahr?"

Darren sagte nichts. Er rührte sich nicht. Er sah mich nicht an.

Mit klopfendem Herzen stand ich auf und setzte mich neben ihn auf die Couch. Als ich seinen Arm berührte, zuckte er nicht zurück, also legte ich meinen anderen Arm um seine Schultern.

„Es tut mir so leid, Darren", flüsterte ich.

Er ließ einen Atemzug entweichen und lehnte sich an mich, und ich schlang die Arme um ihn.

Nach einem langen, stillen Moment fragte ich: „Warum war Chad an diesem Abend so verstört?"

„Was?" Darrens Augen waren klarer, aber seine Stirn war vor Verwirrung in Falten gelegt.

„Der Junge, dem du in jener Nacht geholfen hast." Ich schluckte. „Was … was war passiert?"

Darren ließ den Blick wieder auf seine Hände sinken.

„Um die Wahrheit zu sagen, ich habe nie genau herausbekommen, was ihn in jener Nacht so fertig machte. Es lastete *so viel* auf ihm. Er war schon eine ganze Weile gestresst. Ich machte mir Sorgen um ihn und wir redeten ein paar Mal darüber. Ich weiß, dass er gerade mit jemandem Schluss gemacht hatte. Er fühlte sich wie ein Außenseiter. Seine Eltern setzten ihn akademisch und spirituell unter Druck. Bis heute weiß ich nicht, was der Auslöser war." Darren seufzte. „Ich glaube, es lief einfach darauf hinaus, dass er ein schwuler Teenager mit ultrakonservativen Eltern im Mittleren Westen war."

„Der arme Junge", sagte ich.

„Ja, genau. Und all das, was ich dir gerade erzählt habe, ist der Grund, warum mein Bruder an dem Tag, an dem wir die Wohnung besichtigten, so mies drauf war. Er ist noch wütender über das, was mir passiert ist, als ich es bin, und er hat Angst, dass es auch hier passieren könnte."

„Glaubst du das denn?"

„Ich weiß es nicht." Darren strich sich ein paar widerspenstige Haarsträhnen aus der Stirn. „Die Gemeinde ist sehr aufgeschlossen und wahrscheinlich ist mehr als die Hälfte selbst queer. Außerdem ist der Bruder des Pastors schwul. Aber ... Pastoren wechseln, Gemeinden ändern sich. Alles ist möglich, wirklich."

„Dann bleibt es hoffentlich so, wie es ist."

„Hoffentlich." Er schluckte schwer. „Übrigens, wegen unserer ersten Nacht ..." Er brach ab und ich sagte nichts, während er anscheinend nach den richtigen Worten suchte. Schließlich: „Normalerweise mache ich so was nicht. Eigentlich habe ich das noch nie getan. Nicht, wenn ich einen Mann gerade erst kennengelernt habe. Aber du hattest von Anfang an etwas an dir, das ich nicht ignorieren konnte. Und es war mehr als nur deine Anziehungskraft. In gewisser Weise machte dich das Wissen, dass du Atheist bist ... sicherer."

„Sicherer?"

Er nickte und wich meinem Blick aus. „Ich war mir ziemlich sicher, dass du schwul bist, und dem Autoaufkleber nach zu urteilen, warst du Atheist. Was bedeutete, dass ich nicht auf der Hut sein musste, weil ich befürchtete, du würdest mich wegstoßen, weil ich schwul bin. Du kamst mir nicht wie der Typ vor, der mich zu einem Grillfest in der Nachbarschaft einlädt und dann subtil versucht, mich von allen Kindern fernzuhalten."

Mir fiel die Kinnlade herunter. „Die Leute haben das getan?"

„Die ganze Zeit." Er rieb sich den Nacken und seufzte. „Und nachdem ich mich so lange wie ein Ausgestoßener gefühlt hatte, bis ich sogar den Staat verlassen musste, kann ich dir gar nicht sagen, was für eine Erleichterung es war, ein paar Bier mit jemandem zu trinken, der mich einfach so nahm, wie ich bin. Und ich schätze, ich habe mich dabei – bei dir – mehr mitreißen lassen, als ich es normalerweise tun würde." Er sah mir in die Augen. „Denn zum ersten Mal seit langer Zeit fühlte ich mich ... sicher. *Du* warst sicher."

Dieser Teil traf mich mehr als alles mitten in die Magengrube. „Mein Gott, es tut mir so leid."

„Du konntest nicht wissen, womit ich zu kämpfen hatte", sagte er leise.

„Aber anscheinend wissen wir beide, wie es ist, für das verstoßen zu werden, was wir sind. Vielleicht haben wir mehr gemeinsam, als ich dachte."

„Vielleicht." Darren hielt meinen Blick fest. „Mein Glaube wird sich nicht ändern. Und ich will auch nicht, dass sich deine Überzeugungen ändern. Du bist kein

Projekt für mich, Seth. Ich habe dich am Anfang nicht angeschaut und mir gedacht: ‚Der Typ ist toll, bis auf ein oder zwei Dinge, die ich später hinbiegen werde.'" Er machte eine Pause. „Aber wenn wir der Sache zwischen uns eine Chance geben wollen, dann muss das für uns beide gelten."

Ich schob meine Hand in seine. „Ich würde auch nie versuchen, dich zu ändern. Ich will nicht, dass sich irgendetwas an dir ändert. Ehrlich, das will ich nicht. Ich war einfach nur ..."

„Voller Angst?"

„Ja." Ich strich mit dem Daumen über seine Hand. „Es tut mir so leid, Darren."

„Du hast versucht, dich selbst zu schützen." Er drückte meine Hand. „Das kann ich dir ehrlich nicht übel nehmen." Er legte seine andere Hand auf unsere verschränkten. „Ich kann dich nur bitten, Vertrauen in mich zu haben."

Ich schluckte schwer, mein Magen flatterte und meine Kehle schnürte sich zu. Allein zu wissen, dass er immer noch Vertrauen in mich hatte, nachdem ich ihn so verletzt hatte, war verdammt überwältigend. Zu hören, dass er mich bat, auch Vertrauen in ihn zu haben – und ich fragte mich, wie ich jemals gedacht hatte, dass ich das nicht könnte – war ... mehr, als ich verarbeiten konnte.

„Red mit mir, Seth", sagte er.

„Ich bin nicht gut darin, viel Vertrauen in irgendetwas zu setzen." Ich berührte sein Gesicht und zog ihn näher an mich heran. „Aber ich glaube, für dich kann ich eine Ausnahme machen."

Sein ganzer Körper entspannte sich. „Danke."

„Nur damit du es weißt", flüsterte ich und legte meine Stirn an seine, „das jagt mir eine Heidenangst ein."

„Ich weiß." Seine Hand glitt in meinen Nacken. „Mir auch."

Daraufhin küsste er mich. Diesmal war er nicht so aggressiv. Sein Kuss war fast zaghaft. An der Grenze zu vorsichtig. Vielleicht wollte er es auskosten, vielleicht hatte er Angst, dass auch nur der kleinste Ruck diesen Zauber brechen könnte. Er war nicht so aggressiv und ich auch nicht, aber das machte den langen Kuss nicht weniger erregend.

Als wir uns schließlich voneinander lösten, rangen wir beide um Atem.

Ich strich mit den Fingern durch sein Haar. „Also, wie sehr hast du etwas dagegen, dass wir uns so hinreißen lassen wie in der ersten Nacht?"

Darrens Mundwinkel hoben sich. „Ich habe nicht das Geringste dagegen."

„Gut."

KAPITEL 14

Ich konnte nicht genau sagen, wie wir es vom Wohnzimmer in mein Schlafzimmer schafften. Wir küssten uns – diese intensive Küsse, die ich bisher nur mit Darren erlebt hatte –, stolperten und berührten uns, und irgendwie war am Ende ein Bett da und dann lagen wir auf diesem Bett.

Wir schafften es sogar, unsere Schuhe und Darrens Jacke auszuziehen, aber wir machten uns nicht die Mühe mit den anderen Klamotten. Noch immer vollständig angezogen schmiegten wir uns einfach aneinander und knutschten. Seine Körperwärme strahlte durch unsere Kleidung hindurch und auf meine Haut. Er lag oben, sodass ich die Hände frei hatte, und ich konnte nicht aufhören, sein Gesicht zu berühren. Ich strich durch sein Haar, ließ meine Hand über den weichen Bart auf seinem kantigen Kiefer gleiten, berührte ihn einfach und prägte mir seine Gesichtszüge ein, als hätte ich sie seit Jahren nicht mehr gespürt. Im Moment war es mir völlig egal, wie ich ihn aus seinen Klamotten bekommen konnte.

Doch je länger wir uns küssten und hielten, desto fester wurden unsere Umarmungen. Je mehr Stoff uns in die

Quere kam, je mehr wir mit den Händen unter T-Shirts schlüpften, desto mehr fluchten wir über Gürtel und Reißverschlüsse und dicke Lagen von Denim.

Er unterbrach den Kuss. „Wir haben nicht ... Wir haben doch noch Kondome übrig, oder?"

„Jede Menge."

„Gut."

Ich grinste. „Schlägst du vor, dass ich eines holen soll?"

„Ich glaube nicht, dass ‚vorschlagen' ein Wort ist, dass dafür stark genug ist."

Mehr brauchte ich nicht. Die Klamotten waren schneller ausgezogen, als ich es für möglich gehalten hatte. Vielleicht zerriss etwas oder ein Knopf sprang ab, aber egal. Sobald wir beide völlig nackt waren, setzte ich mich auf, um das Kondom überzuziehen. Ich war versucht, ihn wieder auf das Bett zu legen und zu küssen, aber das würde uns nur von dem abhalten, was wir beide wollten. Scheiß aufs Vorspiel.

Endlich war das Kondom übergestreift, das Gleitmittel aufgetragen, und Darren konnte es genauso wenig erwarten wie ich. Er zog mich auf ihn herunter. Ich glaubte sogar, ihn zwischen atemlosen Küssen ein paar Mal fluchen zu hören.

Ich setzte mich auf und er spreizte seine Beine für mich. Mit Leichtigkeit nahm er mich auf, stöhnte und zitterte, als ich mit jedem Stoß ein wenig tiefer eindrang.

„Schneller", flüsterte er. „Bitte."

„Genau das, was ich hören wollte", sagte ich und fickte ihn schneller. Härter.

Darren drückte den Rücken durch und seine Augen schlossen sich. Gott, er war so umwerfend. Nackt. Zitternd. Schweiß lief ihm die Schläfe hinunter.

Ich biss die Zähne zusammen und stieß fester zu. Ich

konnte ihn nicht schnell genug ficken, konnte nicht tief genug in ihn eindringen.

Dann flogen seine Lider auf. Er leckte sich über die Lippen und eine Sekunde später stützte er sich auf einen Ellbogen auf, legte den anderen Arm um mich und zog mich zu einem Kuss herunter.

Ich legte meine Stirn an seine, heiße, verschwitzte Haut an heißer, verschwitzter Haut, und das Einzige, was mich davon abhielt, ihn erneut zu küssen, war das verzweifelte Bedürfnis nach Luft. Ich konnte kaum noch atmen und fickte ihn trotzdem weiter, hart und schnell, und es war mir egal, ob ich ohnmächtig wurde. Muskeln brannten und zitterten vor Anstrengung, aber sie taten, was sie sollten, und als Darren an meinen Lippen flüsterte: „Hör nicht auf, Seth", scherte ich mich einen Dreck um Schmerzen oder Müdigkeit oder irgendetwas, das nicht darin bestand, ihn bis zu einem Orgasmus zu ficken.

Seine Hand glitt von meinem Hals. Er griff nach hinten, um sich am Kopfteil festzuhalten, die Augen geschlossen und die Haut gerötet, und ich stöhnte, als ich ihm alles gab, was ich hatte.

Das erste Zucken seines Orgasmus löste meinen eigenen aus; sein Sperma spritzte auf seinen Bauch, als ich ihm ein paar letzte harte, ungleichmäßige Stöße gab, bis meine zitternden Arme unter mir fast nachgaben. Ich versuchte, aufrecht zu bleiben, aber als Darren die Arme um mich schlang, gab ich nach und sank auf ihn.

Ich zog meinen Schwanz heraus, stand aber nicht auf, und eine Zeit lang hielt er mich einfach nur fest und streichelte mein Haar, während wir beide zu Atem kamen.

Ich stand lange genug auf, um das Kondom zu entsorgen, und legte mich dann wieder neben ihn ins Bett. Jetzt, da die Leidenschaft nachgelassen hatte, versuchten Nervosität und Besorgnis natürlich schnell, sich ihren Weg zurück zu bahnen und die Stimmung zu zerstören.

Ich stützte mich auf einem Arm auf, berührte sein Gesicht und fuhr mit dem Daumen an seinem kurzen Bart entlang. „Du bist dir sicher. Was uns angeht."

Darren nickte. „Ja. Und du?"

„Ja. Und es tut mir leid. Dass ich dich in dieselbe Schublade wie meine Familie gesteckt habe."

„Ich kann dir nicht verübeln, dass du Angst hattest. Es tut mir leid, dass ich deswegen ausgeflippt bin."

„Ich glaube, ich hätte dasselbe getan." Ich strich ihm ein paar dunkle Haarsträhnen aus dem Gesicht. „Du weißt, dass diese Sache trotzdem –"

„Jede Beziehung kann scheitern." Er strich mit seiner Hand über meinen Unterarm. „Aber heute ist alles gut. Es wird wahrscheinlich auch morgen noch gut sein." Seine Schulter hob sich leicht. „Danach werden wir einfach sehen, wie es läuft. Ich weiß, dass du ein Pauschalangebot bist. Ich wusste von Anfang an, wenn ich mit dir zusammen bin, bin ich mit einem Atheisten zusammen. Und das will ich nicht ändern." Er hob die Augenbrauen. „Ich will nur, dass du akzeptierst, dass das, was du siehst, auch das ist, was du bei mir bekommst."

„Was ich gesagt habe, war mein Ernst." Ich streichelte sein Gesicht mit der Rückseite meiner Finger. „Dass es nichts gibt, was ich an dir ändern würde."

„Geht mir genauso", sagte er und zog mich herunter, um ihn zu küssen.

Ein leises Miauen war unsere einzige Warnung, bevor neben uns die Katze auf das Bett sprang und mit ihren Krallen nur knapp Darrens Arm verfehlte.

„Wirklich, Katze?", sagte ich. „Jetzt?"

Darren lachte. „Du ruinierst den Moment, Kleiner." Er

griff nach Stanley, aber der Kater warf ihm nur einen ange-widerten Blick zu, bevor er wieder vom Bett hüpfte. „Habe ich etwas gesagt, was dir nicht passt?"

Ich zuckte mit den Schultern. „Wahrscheinlich ist er nur sauer wegen vorhin."

„Vorhin?"

„Ja. Er, ähm, hasst es, wenn sich jemand streitet. Ich werde ihn später mit Leckerlis um Verzeihung bitten müssen." Ich strich Darrens Haare glatt. „Aber jetzt könnte ich erst mal eine Dusche vertragen. Du?"

„Ja, ich auch." Er hob den Kopf vom Kissen, als er nach mir tastete, und kurz bevor er mich küsste, fügte er hinzu: „In einer Minute."

So hatte ich mir mein Liebesleben nicht vorgestellt. Das Letzte, wo ich mich je gesehen hatte, war in einer Beziehung mit einem Christen, ganz zu schweigen von einem Pastor.

Aber ich hatte mich geirrt. Und heute Abend konnte ich mich nirgendwo anders sehen als hier.

Ich konnte mir keinen anderen Platz als an Darrens Seite vorstellen.

Weil ich hierher gehörte.

Ende

DIE TUCKER-SPRINGS-REIHE

BÜCHER VON L.A. WITT

Der Ehe-Schachzug

Wenn Die Meere Feuer Fangen

Die Stimme meines Herzens

Auf Anfang

Der Meister wird erscheinen

Die Mauern zwischen Herzen

...und mehr!

http://www.gallagherwitt.com/german.html

ÜBER DIE AUTORIN

L. A. Witt wurde mit ihrem Mann aus Spanien vertrieben und nach Maine geschickt, um dort ihr Domizil aufzuschlagen. Jetzt schreibt sie dort und ist ansonsten abwechselnd damit beschäftigt, den Leuten zu versichern, dass ihr die Kälte in Maine durchaus bewusst ist, sich zu fragen, wo sie sich ihr nächstes Tattoo stechen lassen soll, und einer mürrischen Maine-Coon-Katze gut zuzureden.

Gerüchte besagen, dass ihre Erznemesis, Lauren Gallagher, auch irgendwo in der Wildnis von New England unterwegs ist, weshalb L. A. auch einen Teil ihrer Zeit damit verbringt, eine Spezialeinheit von Hummern auszubilden.

Die Autorinnen Ann Gallagher und Lori A. Witt wurden gebeten, beim Hummer-Training zu helfen, aber sie „müssen Bücher schreiben" und sich „auf unsere Karriere konzentrieren" und „glaubst du nicht, dass unsere Rivalität ein bisschen ausgeartet ist?". Wahrscheinlich helfen sie Lauren einfach dabei, ihrer Armee aus Eichhörnchen beizubringen, auf Elchen in den Kampf zu ziehen.

Website: www.gallagherwitt.com

E-Mail: gallagherwitt@gmail.com

Twitter: @GallagherWitt

ARTIFICIAL INTELLIGENCE

No artificial intelligence was used in the making of this book or any of my books. This includes writing, co-writing, cover artwork, translation, and audiobook narration.

I do not consent to any Artificial Intelligence (AI), generative AI, large language model, machine learning, chatbot, or other automated analysis, generative process, or replication program to reproduce, mimic, remix, summarize, train from, or otherwise replicate any part of this creative work, via any means: print, graphic, sculpture, multimedia, audio, or other medium. This applies to all existing AI technology and any that comes into existence in the future.

I support the right of humans to control their artistic works.

www.ingramcontent.com/pod-product-compliance
Lightning Source LLC
Chambersburg PA
CBHW050837180626
46814CB00007B/2507